Paradigmenwechsel

Dominik Schodl

Paradigmenwechsel

Impressum

Bibliografische Information der Deutschen Nationalbibliothek: Die Deutsche Nationalbibliothek verzeichnet diese Publikation in der Deutschen Nationalbibliografie; detaillierte bibliografische Daten sind im Internet über dnb.dnb.de abrufbar.

Lektorat: Alexander Friedrich
Coverbild: Vanessa Schodl
Grafik Cover: Lisa Dobbertin

Herstellung und Verlag: BoD – Books on Demand, Norderstedt

ISBN: 978-3-757859879

Paradigmenwechsel - so heißt der Finishing-Move meines Lieblingswrestlers Jon Moxley. Streng genommen kann man also sagen, dass dieses für mich sehr emotionale Buch entstanden ist, weil ein schwitziger Mann einen anderen schwitzigen Mann auf eine Matte geschleudert hat. In diesem Sinne wünsche ich gute Unterhaltung.

Besonderer Dank gilt Lisa, Vanessa, meinen Eltern und allen, die egal in welcher Form auf dieser surrealen Reise und meinem eigenen Paradigmenwechsel dabei waren.

DANKE!
Ehrlich jetzt.

Vielen Dank.

PARADIGMENWECHSEL

KAPITEL I

Hietzing	12
Auhofstraße	15
Durchdrehen	18
Grapefruit	21
Prager Jesuskind	24
Versprochen	28
Die letzte Telefonzelle Salzburgs	31
Silvio	35
Wie krieg ich die Zeit bis zu meiner Beerdigung tot?	38
Bruce Springsteen	41
Paradigmenwechsel	44

KAPITEL II

Ford Mondeo	48
Auhofstraße Part 2	52
Taufe	56

KAPITEL III

Farbe und ein Open Mic	61
Rücklicht	64
Gebrochene Nase	67

Vergrab mich irgendwo anders   71

Hamburg und Elif   74

Mitten ins Licht   77

Doppelstern   80

Wintermantel   83

Instandhaltung   85

PARADIGMENWECHSEL

KAPITEL I

HIETZING

„Hey, mir geht's schlecht, kannst du vielleicht kommen?"

Also renne ich aus dem Club und klebe während der Heimfahrt meine Augen mit einer Zementmischung aus Furcht, Horror und ekelhafter Neugier auf mein Handy.

Bei dir angekommen habe ich noch nie jemanden so kotzen sehen. Deine Innereien wollten raus aus dir, flüchten, niemand wird diesen Anblick jemals nachvollziehen können. Auch mein eigenes Hirn könnte dich nicht rekonstruieren. Du erzählst mir, dass dir immer schlecht ist und du dich immer komplett und absolut irre fühlst. Wie eine hysterische Wahnsinnige, bei der ein unerklärbarer Beschützerinstinkt eintritt, der man versucht etwas zu entreißen, was sie noch gar nicht besitzt. Und in deiner Panik redest du wirr:

„Die wilde Taglilie in mir will nicht mehr wachsen, sie flucht immer und stöhnt genervt auf. Sie sagt mir, dass ich dumm bin und alle besser dran wären, wenn ich mit ihr sterbe."

Wie ein Idiot renne ich los, um Zigaretten und Kondome zu kaufen, damit wir uns so fühlen wie damals. Damit ich wieder dein nächstes, schönes, gutes Problem sein kann. Dein Projekt, dem du dich widmen kannst. Ein altes Gebäude zum Sanieren. So, als würde es etwas bringen. Ich rauche wie ein Verrückter, unverhältnismäßig viel.

Also werfe ich die Zigaretten vom Balkon und umarme dich. So, als würde es noch etwas bringen. Diese Umarmung werde ich nie vergessen, denn während dieser bin ich zum Sinnbild deines vermeintlichen Scheiterns geworden. Ich werde ein kitschiges Fotobuch des Schreckens. Immer wenn du mich siehst, wirst du dich daran erinnern. Gebrandmarkt durch Worte und Nähe. Und mir wird es jedes Mal ebenso gehen. Zwei stärkere Menschen hätten es geschafft, hätten diesen falschen, erzwungenen, negativen Polaroid-Moment einfach wegschütteln können. Shake it like a Polaroid picture! Hey ya! So einfach, so schnell. Mit Humor. Einfach nochmal versuchen. Runde 2. Karten neu mischen.

Aber wir sind nicht mehr stark.

Du sagst, dass dein Körper einfach nicht genug war. Und es wäre wohl besser so. Wir haben es niemandem erzählt. Unsere Eltern wussten es erst so viel später. Wir haben uns niemandem anvertraut. Kaum getrauert. Du hast zum Ausgleich Texte geschrieben. Ich habe zum Ausgleich geraucht wie ein Geisteskranker.

Ich habe Angst zuzugeben, worum es in deinen Texten geht. Ich habe Angst zuzugeben, warum du überhaupt so etwas schreiben möchtest. Anstatt dich zu bestärken, lese ich deine Texte. Gebe dir Feedback, aber frage nicht nach, warum du sowas schreibst.

Sie sind nicht gedacht, jemals vorgetragen zu werden. Sie sind nicht gedacht, jemals schön zu sein. Sie sind lediglich da, um deinem

Schmerz den geeigneten Ausdruck zu verleihen. Und glaub mir – bei mir kam die Message an. Laut, deutlich, schmerzhaft:

„Aber die Engel singen und der Teufel tanzt.

In diesem blutigen Regen, wo Taglilien wachsen.

Ist es jetzt endlich sicher? Kann ich raus?

Ich bin ein ausgehöhlter Schildkrötenpanzer.

Der dir keinen Schutz mehr bietet.

Und die Engel singen, der Teufel tanzt.

Und es gibt leichtere Wege, um wach zu sein.

Aber ich kenne dich zu gut.

Und es gibt leichtere Wege, mir weh zu tun.

Aber du reißt Körper und Seele entzwei.

Und es gibt leichtere Wege, um wach zu sein.

Aber ich kenne dich zu gut.

Und es gibt leichtere Wege, mir weh zu tun.

Aber du reißt Körper und Seele entzwei."

AUHOFSTRAßE

Es verging jede Menge Zeit.

Ich stelle mir noch oft unsere Wohnung in der Auhofstraße vor. Immer wieder denke ich an unsere Unordentlichkeit, an das ganze Zeug am Boden und das ungemachte Katzenklo. Unsere Eltern hätten uns, sofern wir uns etwas hätten anmerken lassen, dafür komplett verachtet. Doch wir waren locker und du so cool. Ich stelle mir dich vor, geschminkt und hektisch. Vermutlich bist du wieder spät dran. Der Bürojob oder deine Kollegen, die ohne dich nichts auf die Reihe kriegen, warten auf dich. In meiner Vorstellung lächelst du. Alles ist so wie immer. Auch ohne mich.

Gestern war ich mit deiner Schwester essen und sie hat mir deine Nachricht überbracht. Du willst nicht mehr, möchtest die Scheidung. Du lässt deine Schwester diese Botschaft überbringen – nicht aus Bosheit oder weil du feige bist, sondern weil es so emotionslos wie möglich sein muss. Du willst dich schützen. Vielleicht hätte ich dich überredet, wie so oft. Vielleicht hätte ich wieder geschworen für uns beide – für uns drei – zu kämpfen. So ist die Sache klar. Deiner Schwester tut es unendlich leid und sie weiß auch nicht, was in dich gefahren ist. Eigentlich tut es deiner gesamten Familie leid, schließlich war ich doch so ein netter Typ.

„So ein unglaublich netter, trockener Alkoholiker", dachte ich dann abwertend und ganz für mich allein.

Deine Schwester beteuert nochmal, wie leid es ihr tut. Wie leid ihr die ganze Sache mit dem Baby tut. Was wir nicht alles durchgemacht haben müssen. Sie weiß auch nicht, was du dir denkst, nur dass es böse Gedanken sind. Böse Taglilien, die nicht mehr wachsen wollen. Also gehe ich nach Hause, drehe Waschmaschine und Dusche auf, steige unter den Wasserstrahl und warte, bis es eiskalt wird. Man kann nicht beides haben. Am Küchentisch liegt ein Zettel.

Immer wieder lese ich die Nachricht, die du mir hinterlassen hast – hoffend, dass die Worte sich ändern über Nacht. Du schläfst einstweilen bei deinen Eltern und ich weiß, was für ein gewichtiger Schritt, welch kolossale innerliche Debatte das für dich gewesen sein muss. Hilfe von ihnen anzunehmen, macht dich verletzbar, treffbar, verwundbar und doch ist es wohl besser, als hier bei mir zu sein. Lieber kein Schutzschild als jemanden im Team wie mich. Du hast eine Entscheidung getroffen, während ich in unserer alten Wohnung in der Auhofstraße verbleibe und die Wand anstarre, die Realität nicht fassen will und keine Pläne für die Zukunft schmiede.

Du schläfst also bei deinen Eltern? Gut, ich schlafe auf der Couch. Ich hasse unser Bett ohne dich da drinnen. Du konntest diese Couch nie leiden. Ich glaube, du mochtest die Textur einfach nicht, so wie sie sich anfühlt.

Während dieser erbärmlichen Tage voller Stillstand habe ich genug Haarnadeln von dir gefunden, um dir daraus einen Götzen bauen zu können. Eine Statue meiner Traurigkeit. Einatmen – ausatmen. Lass sie doch endlich gehen. In meinem Kopf spielen sich die finalen Momente unserer letzten Diskussion immer wieder ab und dann hau ich ein Loch in die Wand. Einfach so. Also kühle ich meine geschwollene Hand, während langsam die Erkenntnis dämmert – dieser Ort ist eine Lüge und nicht mehr mein Zuhause.

Ich fühle mich, als wäre ich nur Haut und Knochen.

Ich zerstöre mein Handy vor Zorn, weil das Display mir nicht anzeigen will, wann du endlich nach Hause kommst.

Du schläfst also bei deinen Eltern? Gut, ich schlafe irgendwo. Ich hasse unser Bett ohne dich da drinnen.

Ich muss hier raus.

DURCHDREHEN

Ich will raus. Aber ich schaffe es nicht nach draußen. Also nie so wirklich, nie ganz. Im Gegensatz zu dir kann ich meinen Stolz nicht überwinden. Ich gehe nicht zu meiner Mutter, sondern zu Freunden. Und zwar nicht zu der guten Sorte von Freunden. Ich bin lebendig, aber irgendwie betäubt. Ich entdecke Alkohol wieder. Und nach jeder Nacht, in der ich Alkohol mehr zelebriere als das Leben selbst, nach jeder Nacht, die ich dann wieder auf unserer alten Couch und neben dem Loch in der Wand verbringe, derselbe furchtbare Traum. Ein Traum, der sich wie einer deiner depressiven Texte anfühlt, die du damals gegen Ende immer geschrieben hast. Wie ein Fiebertraum zum Mitnehmen:

„Die Tür aufgebrochen.

Ängstliche Augen, keine Helden.

Wenn gute Frauen die guten Drinks nehmen, dann nenn mich einen Engel.

Haare als Zopf, Bauchtasche, Körper.

Verchecke Stoff an deine Kinder und die Eltern nennen mich Mörder.

Verblasste Familien mit Smartphones beim Essenstisch.

Lehrer, Mütter, Väter, Gott sind alle irgendwie sauer auf mich.

Zeichne Bilder in den Block von den Dingen,

die ich eigentlich lernen sollte.

Noch ein bisschen Party, sonst herrscht in meinem Kopf wieder Revolte.

Ich schreibe einen Abschiedsbrief.

Wie viel wird mein Selbstmord wiegen?

Und wenn ich jetzt ein Geist bin,

wieso kann ich immer noch nicht fliegen?

Immer aus dem Fenster starrend,

wünschend ich wäre nicht hier.

Mit dieser Depression gibt es nie ein ich

sondern nur wir.

Bin ich nicht so cool wie die anderen,

weil ich nichts über Liebe erzähl?

Kunst soll dich bereichern, na schön.

Ich hab Luft in den Venen.

Ich bin nicht traurig, aber glücklich halt auch nicht.

Solang ich nicht unsterblich bin, muss ich immer weiter so einen Scheiß schreiben.

Meine größte Angst ist, dass man mich vergisst.

Gras über meinem Grabstein, nie wieder Sonnenlicht.

Diese wunderschönen Gedanken, die du da immer denkst?

Niemand wird sie je wieder hören, wenn du vor dem Abgrund abhängst."

Und ich werde

Niemals

Wieder

Glücklich sein

„Die wilde Taglilie in mir will nicht mehr wachsen, sie flucht immer und stöhnt genervt auf. Sie sagt mir, dass ich dumm bin und alle besser dran wären, wenn ich mit ihr sterbe."

Schweißgebadet und mit rasendem Herzen wache ich jedes Mal danach auf. Nicht neben dir. Nicht in unserem Bett, sondern auf dieser Couch im Wohnzimmer. Langsam verstehe ich, warum du die nicht leiden konntest. Die Textur ist wirklich komisch.

In diesen Nächten habe ich über vieles nachgedacht. Über dich, meinen Vater, meine Mutter, das nicht geborene Baby. Meine Schwester, Alkohol und Zigaretten.

Aber am meisten über meine Mutter und wie sie sich fühlen muss. Wie einfach ich zu ihr fahren könnte.

Ich bin am absoluten Ende meiner Kräfte.

GRAPEFRUIT

Meine Mutter ist religiös. Und wenn ich sage "religiös", dann meine ich – meine Mutter ist **WIRKLICH** religiös. Staubtrocken, anstrengend religiös. Ihr Glaube hat mich als Kind immer abgeschreckt, mein Vater hat es toleriert. Sie wurde wohl erst so, als sie sich schon lange kannten. Vermutlich hat ihr Glaube mich von diesem Thema immer ein bisschen abwenden oder zurückschrecken lassen. Weil Kinder ja immer rebellieren wollen. Als ich älter wurde konnte ich jedoch verstehen, dass sie mir so ihre Werte mitgeben wollte. Und das waren gute Werte. Und jetzt, in meinen wahrscheinlich dunkelsten Stunden, wollte ich mich an etwas klammern. So wie meine Mutter sich an Religion. Doch es klappt einfach nicht. Wäre sie jetzt hier, würde sie mich zum Beten animieren:

„Hey, heiliger Geist. Schutzengel? Warum hast du mich verlassen? Wo bist du hin? Ich weiß, wir haben lange nicht mehr miteinander gequatscht. Aber wenn ich jetzt wirklich auf mich allein gestellt bin, dann möchte ich das wissen!"

Ich trinke wieder Alkohol. Wenn ich jetzt wieder regelmäßig trinke, dann bin ich wieder der Familien-Trunkenbold. Das schwarze Schaf mit Wodkafahne. Meine wohl bald zukünftige Ex-Frau meinte immer, ich solle mich doch mal *„entspannen"*, dass sich meine Familie zimperlich und hysterisch bei dem Thema anstelle. Manchmal glaube ich, sie wollte, dass ich trinke. Jetzt wo sie weg ist, wird Trinken wieder interessant. Ich trinke nur um ihr eins auszuwischen und merke nicht mal, dass ich mich nur wieder selbst zerstöre. Also muss ich jetzt Abschied nehmen.

„Mach's gut, Elena. Tut mir leid, dass ich nicht die Person sein kann, die du brauchst. Wenn ich dich nicht glücklich machen kann, dann niemanden."

Mama wollte immer, dass ich in schweren Zeiten bete. Jetzt bete ich dieses kaputte, selbstzerstörerische Mantra herunter.

„Mach's gut, Elena. Tut mir leid, dass ich nicht die Person sein kann, die du brauchst. Wenn ich dich nicht glücklich machen kann, dann niemanden. Es tut mir leid, dass ich dich damals nach dem Begräbnis so aus meinem Leben ausgeschlossen habe. Ich konnte einfach nicht glauben, dass Papa jetzt wirklich tot ist."

Das Mantra wird schlimmer. Aber leider wahr. Ich habe meinen Vater über alles geliebt, dann verloren und ich dachte, eine Familie zu gründen würde mich retten. Dachte selbst Vater zu werden könnte mich retten. Sie hat bemerkt, wie sehr ich gelitten habe. Als dieser eine Test dann positiv ausfiel, waren wir fast am Ziel. Ich dachte, ich wäre gerettet. Sie wollte mein Anker sein, mein Rettungsseil. Wir haben begonnen einen Raum orange auszumalen. Hell, glücklich und hoffnungsvoll. Als wir das Baby verloren hatten, begann sie den Raum in pink fertig zu streichen.

Auf meine Frage wieso erwiderte sie nur:

„Orange-pink wie eine verfickte bittersüße Grapefruit. Bittersüß, so wie die Erinnerungen an das Baby."

Ich war noch nie zuvor so beeindruckt von ihr wie zu dieser Zeit. Ich war nie zuvor so eingeschüchtert von ihr. Ich weiß, sie wollte es auch. Sie wollte es für mich. Sie wollte mich heilen. Ich weiß, sie hat sich für mich diesem Kampf gestellt und verloren.

Die Nummer mit dem Beten klappt einfach nicht.

„Gott? Jesus? Ich habe euch halt schon gebraucht und genau wenn ich euch am meisten brauche, haut ihr einfach ab oder was? Also trinke ich. Ich 'entspann' mich mal. Ich bin wieder der Familien-Trunkenbold. Ich bin wieder eine Last für euch alle. Ich bin wieder eine Last..."

Ich versinke in der Couch im Wohnzimmer, die mit der komischen Textur, und schlafe komplett besoffen ein.

Beten ist nichts für mich. Aber für meine Mutter schon.

PRAGER JESUSKIND

Nach dem großen Leiden kommt irgendwann die unweigerliche Einsicht. Ich habe genug von der Stille, genug von dem Alkohol. Zumindest zeitweise. Die Nacht wird mir zu dunkel und eintönig. Ich schlafe zu lange, verschwende mich selbst, sterbe in kleinen Stückchen, ständig und stetig ein bisschen mehr. Also zünde ich mir eine Zigarette an und spaziere durch den Park nahe der Auhofstraße. Die toten Blätter, die der Wind auf dem Asphalt umhertreibt, erinnern mich an Schritte und schon stelle ich mir uns beide wieder Arm in Arm durch den Park schlendernd vor. Zuhause habe ich noch mehr Löcher in die Wand geschlagen und noch mehr geraucht als sonst. Manchmal sogar beides gleichzeitig. Ich habe gehofft, du rettest mich vor mir selbst. Zuhause, und ich nenne es momentan ungern so, lasse ich mein liebstes Feuerzeug auf ihrer Seite des Bettes im Nachtkasten. Es war ein Geschenk von ihr, mit einem liebevoll trockenen Spruch eingraviert:

Hör auf damit

Elena hat nicht gehasst, dass ich rauche. Sie hat meine Hustenanfälle gehasst und wollte mich immer zum Aufhören ermutigen. Es hat nie geklappt. Ich lasse das Feuerzeug hier als Pfand, sollte sie in meiner Abwesenheit die Wohnung betreten. Sie wird wissen, dass ich wiederkomme.

Heute werde ich zu meiner Mama fahren. Am Weg zu ihr hole ich mir noch ein billiges Prepaid-Handy, da ich mein altes Telefon ja gegen die Wand werfen musste.

Da wir beide in Wien wohnen ist ein Besuch eigentlich kein Problem. Die Entfernung war nie das Problem. Als ich vor ihrer Haustür ankomme, bemerke ich sofort das alte Auto meines Vaters. Sein geliebter Ford Mondeo. Ich habe keine Ahnung von Autos, lediglich die Tatsache nicht farbenblind zu sein lässt mich Autos voneinander unterscheiden. Doch dieses Auto liebe auch ich irgendwie. Nicht weil es schnell fahren kann oder mal in einer Werbung mit Michael Schumacher war, sondern weil mein Vater dieses Auto geliebt hat. Vorrangig hat er es geliebt daran rumzubasteln. Mein Vater ist seit einiger Zeit tot, aber es hat sich nichts verändert zu Hause und sofort beschleichen mich Schuldgefühle. Sie schafft es nicht allein und ich bin grausam in meiner jetzigen Verfassung zu ihr zu kommen.

Ich bin kein Einzelkind, auch wenn ich mich so fühle. Es gibt da eine Schwester. Veronika, Vero. Sie war immer ein Stück besser, erfolgreicher als ich und das war immer in Ordnung. Es war einfach so. Sie hat dann jemanden kennengelernt und ist in die Schweiz gezogen, beide arbeiten dort in einer großen Firma. Sie ist Karrierefrau und wurde dann trotzdem Mutter. Er ist Karrieremann und war trotzdem bei ihr. Sie waren aber nie zu Besuch. Meine Eltern haben unter dem wenigen Kontakt immer gelitten. Vero ist auch nicht zum Begräbnis meines Vaters gekommen. Termine und sowas. Ich denke kaum an sie und sie sicherlich noch weniger an mich.

Ich habe mich meine gesamte Jugend gegen die Religions-Affinität meiner Mutter gewehrt und immer beteuert, wie wenig ich doch sowas brauche. Es ist eine schöne Sache für jemanden, der so etwas benötigt, aber ich brauche das nicht. Doch jetzt brauche ich sie. Meine Mutter.

Wir sitzen in der Küche und hier wird mir erst bewusst, was für ein riesiger Gott-Fan sie eigentlich wirklich ist. Wäre Gott eine Rockband – sie hätte alle Alben. Bilder von Jesus, Statuen und Figuren von Heiligen zieren das gesamte Haus. Wir mussten nie Hunger leiden, wegen der Figur vom Prager Jesuskind. Wir hatten immer Arbeit, weil wir den heiligen Joseph im Haus hatten. Zumindest war das ihre Erklärung, warum wir ganz gut über die Runden kamen. Nicht weil sie als Altenpflegerin tätig war und mein Vater als Techniker. Nein, weil Statuen von irgendwelchen Heiligen über uns wachten.

„Ich weiß, wir haben momentan eine schwere Zeit und das, was ich dir geben kann, brauchst du gerade am allerwenigsten. Aber Mama, ich zerbreche. Da gibt es kein Licht in der Nacht. Elena hat mich verlassen."

Ich komme mir erbärmlich vor, vermutlich weil ich erbärmlich bin. Ich sollte stark sein und sie stützen. Ich hasse es, in Schubladen zu denken, aber ich bin jetzt der Mann im Haus. Ich sollte stark sein. Ich sollte Autos voneinander unterscheiden können, sie reparieren können. Ich sollte das Laub vor der Einfahrt kehren, den verstopften Abfluss im Badezimmer freilegen. Ich sollte hier Schneeschaufeln und den Zaun wieder herrichten. Ich sollte wirklich jemand sein, auf den sie zur Abwechslung zählen kann.

Doch sie setzt einen Blick auf den nur Mütter aufsetzen können. Etwas, was sie früher nicht konnte. All die Tragik hat sie verändert. Ihre Augen sind nicht mehr weich, abwesend und starr, fixiert an irgendwelche Bibelsprüche. Ihre Stimme sanft und doch bestimmt:

„Hey, schau mich an. Ich weiß, diese Familie hat einen Tiefpunkt erreicht. Und es tut mir alles so leid. Dieses Jahr ist eines der traurigsten und schwersten für uns. Wenn du verwundet bist, dann bin ich es auch. Du machst es nicht schwieriger und ich halte immer zu dir. Ich bin immer bei dir. Immer in deiner Ecke."

Diese Antwort habe ich am wenigsten erwartet. Nichts Religiöses, keine Ansprache über Gott. Keine Facebook-Meditationsbilder-Sprüche. Nur Liebe.

„Ich wusste, etwas stimmt nicht. Du hast dich nicht ein Mal bei mir gemeldet. Ich bin dir nicht böse. Du musst raus aus dieser Wohnung. Raus aus der Auhofstraße. **Nimm sein Auto und fahr.***"*

Es hallt in meinem Kopf noch nach:

Nimm sein Auto und fahr, nimm sein Auto und fahr, nimm sein Auto und fahr, nimm sein Auto und fahr, nimm sein Auto und fahr, **nimm sein Auto und fahr.**

VERSPROCHEN

Ich krieg diese eine scheiß Erinnerung einfach nicht weg. Bei einem Familienfest am Land, Poysdorf, du tanzend. Meine Oma: liebevoll gestresst. Mein Opa: liebevoll desinteressiert. Um dich die kleinen Kinder meiner Cousinen, alle schwebend mit einer zeitlosen unbeschwerten Fröhlichkeit, beflügelt und ausgelöst von dir, verbreitet durch dich wie ein Virus oder ein Großbrand. Und während ich hier jetzt versuche, meine Handschuhe mit den Zähnen zu entfernen, realisiere ich, dass du mal richtig, wirklich und aufrichtig glücklich warst.

Ich habe den Rat meiner Mutter befolgt, habe den Ford Mondeo meines Vaters genommen und bin quasi geflohen. Richtung Salzburg. Salzburg, weil ich dort in der Jugend mal eine Freundin hatte. Die kann ich nicht mehr leiden, aber die Stadt blieb mir immer in wohlig warmer Erinnerung. Jetzt sitze ich im Auto meines Vaters und fühle mich alles andere als wohlig warm. Es ist beschissen kalt und vermutlich eine schlechte Idee nach Salzburg zu fahren. Irgendwas ist kaputt bei dem Auto. Wäre ich technisch versiert oder zumindest interessiert, könnte ich vermutlich verstehen, warum es so kalt ist. Doch ich versuche es nicht mal. Ich bin nicht mein Vater.

Salzburg ist genauso gut wie jeder andere Ort, um zu heilen. Ich kenne dort niemanden mehr. Meine Ex-Freundin wohnt nicht mehr in Salzburg. Da gibt es eventuell noch diesen Typen, Silvio, den ich mal auf einem Rave in Wien kennengelernt hab. Er war zum Dachdecken und Häuser streichen in Wien und pendelte damals.

Dann gibt es noch die Oma meiner Ex-Freundin. Burgunde – Burgi. Ein treffender Name für Salzburg. Irgendwo komm ich schon unter. Ich verfluche dieses Auto jetzt doch ein bisschen, ich schlafe am Rücksitz und es ist so verdammt kalt. Ich bin leer.

Aber ich halte mich an dem Gedanken fest, dass es mir dort besser gehen wird, es dort wärmer sein wird und ich irgendetwas finde. Also kratze ich Eis mit einem abgebrochenen Stück des Rücklichts ab. Atme ruhig und schnappe trotzdem nach Luft. Man kann das jetzt nicht Heimweh nennen, aber ich sehe in jeder vorbeiziehenden Sekunde und in jedem vorbeiziehenden Auto ihr Gesicht im Gegenverkehr.

Ich fahre jetzt wirklich nach Salzburg und es wird mir dort gut gehen, lachend in den letzten Sonnenstrahlen dieses Jahres. Ich werde für Elena wilde Taglilien pflücken und sie immer in der Jacke bei mir tragen. Bis sie mich wieder zurücknimmt, bis ich wieder nach Hause kommen kann.

Ich bin ganz ehrlich am Weg nach Salzburg und ich komme als erfüllter Mensch zurück zu ihr. Burgi wird sich bestimmt freuen, mich zu sehen. Sie wollte mir damals schon das Rauchen abgewöhnen und diesmal werde ich sie lassen. Den Umstand, dass ich unangemeldet nach Jahren jetzt wieder nach Salzburg zu Besuch komme, wird sie schon verkraften. Sie war immer eine starke Frau. Ich habe mich besser mit ihr verstanden als mit meiner Ex-Freundin.

Bei einer Raststation finde ich tatsächlich die wilden Taglilien und verstaue diese gleich in der Innentasche meines Mantels. Ich werde als stärkerer, besserer Mann zurück in die Auhofstraße kommen. Auch wenn das Wetter gegen mich ist.

Da ist gerade ein ziemliches Unwetter und macht mir die Fahrt nicht einfach. Ganz so, als würde mir das Universum mitteilen wollen: *Hey! Scheiß Idee!* Wie die Gravur des Feuerzeuges. *Hör auf damit.*

Aber ich lasse mich nicht beirren. Ich verlasse und konzentriere mich auf das Rücklicht des Autos vor mir. Der Typ oder die Dame vor mir wird mich da durchbringen. So wie Elena mich jahrelang durchgebracht hat.

Ich werde als besserer Mensch zurück zu dir kommen.

Versprochen.

DIE LETZTE TELEFONZELLE SALZBURGS

*„Hey Elena. Könntest du vielleicht bitte an dein Handy gehen? Oh, ich weiß ganz genau, dass du deine Sprachbox abhörst. Hast du immer getan. Und Baby, ich weiß, du bist zu Hause. Ich weiß jetzt endlich, wo ich falsch abgebogen bin. Bitte – heb ab. Ich werde es später einfach nochmal probieren. Und dann nochmal. Nochmal, nochmal, **nochmal**."*

So stehe ich jetzt hier. In der wahrscheinlich letzten Telefonzelle Salzburgs, in diesem Relikt aus einer Zeit, wo Leute die Dinger noch nicht in der Hosentasche hatten. Ich selbst habe kein Guthaben mehr am Telefon und keine Möglichkeit, dieses zu laden. Ebenfalls habe ich keine Möglichkeit mehr, irgendwo unterzukommen. Silvio, den ich bei einem Rave in Wien kennengelernt hatte, konnte ich nicht erreichen. Und Burgi, die Oma einer Ex-Freundin, ließ mich nur eine gewisse Zeit im Gastraum schlafen. Sie hatte es versucht. Burgi wollte mir helfen, hat mir sogar eine dieser E-Zigaretten besorgt, als ich mich bei ihr ausheulte und ihr erzählte, wie sehr Elena meine Hustenanfälle durch das Rauchen gehasst hat. Ich wurde nicht glücklich. Die Entfernung, der Tapetenwechsel, die andere Stadt, nichts davon konnte mich heilen oder wieder zusammensetzen. Burgi war es am Schluss zu viel Negatives. Ich kann sie verstehen.

Also verfalle ich in alte Muster und rufe Elena an. Ich brauche sie, um mein Problem zu lösen – leider ist aber sie mein Problem. Ich stehe in der vermutlich letzten Telefonzelle Salzburgs in der Alpenstraße.

„Hey Elena. Ich hab mich total, komplett verloren. Salzburg hätte mich retten sollen, meine vage Vergangenheit mit dieser Stadt, die schönen Erinnerungen. Jetzt weiß ich noch nicht so genau, wo ich eigentlich hinwill. Ich hab mich hier verschanzt, in dieser Telefonzelle, und ich lese dir meine Nummer nochmal laut vor, vielleicht hast du die ja gelöscht. 06501233231. Ich warte. Immer"

Wenn ich hier nur lange genug liege, fressen mich die Käfer vielleicht komplett auf. Vielleicht erfriere ich. Oder aber sie meldet sich bei mir. Dann trägt diese Nacht mich endlich nach Hause und wir versuchen es nochmal. Ich halte mich an ihr fest. Ich halte mich an ihr fest. Ich halte mich an ihr fest. Auch wenn sie mir sagt, ich soll sie loslassen.

„Hey Elena. Ich hab versucht mit dem Rauchen aufzuhören. Bin jetzt von zwei Packungen am Tag auf diesen E-Zigaretten-Bullshit umgestiegen. Apfel-Zimt, Banane und Cola. Grapefruit hab ich nicht genommen. Es gibt mir überhaupt nicht das, was ich brauche, aber es hat diese Hustenanfälle gelindert. Ich weiß, die hast du ziemlich gehasst."

Hier stehe ich und berichte einer Person, die mich überhaupt nicht mehr sehen will, wie ich meine schlechten Gewohnheiten über Bord meines Körpers werfen wolle. Wohl wissend, dass es genau gar nichts mehr bringt. Aber ich halte mich an ihr fest. Ich kann hier erfrieren oder es nach Hause, zu ihr, schaffen.

„Oh und Elena. Ich weiß, ich hab die ganze Nummer total vergeigt. Es war
nur, naja so, als wir das Baby verloren haben, hab ich mich abgegrenzt. Ich
hab mich geistig abgemeldet vom Leben. Wie das alles für dich gewesen sein
muss, darüber wage ich gar nicht zu urteilen. All diese Texte von dir waren
eine Warnsirene, die ich absichtlich überhört habe. Aber ich kann
mittlerweile darüber nachdenken. Ich hab die Ohren offen. Ich hab dich nie
gehört, war nicht genug für dich da. Ich bin ein Versager."

Ich will kein Mitleid erhaschen oder durch über-dramatische
Geständnisse ihr Herz erweichen. So fühle ich mich tatsächlich. In
meinen Augen bin ich ein Versager. Klar, kaum sexy oder
begehrenswert. Aber sie verdient endlich die Wahrheit. Sie wird das zu
schätzen wissen. Sie wird zurückrufen. Sie wird mich nach Hause
holen. Oder ich erfriere eben. Oder die Käfer fressen mich komplett auf.
Noch ein Versuch.

„Hey Elena, ich hab geträumt, dass ich zu dir nach Hause fahre. In unser
Zuhause. Hietzing. In der Auhofstraße. Dort bei diesem lächerlich kleinen
Park. Mit diesen Eichhörnchen. Ich, mit der Zigarette im Mund, und du mit
dem bevormundenden, leicht angepissten Blick. Aber zumindest hast du dir
damals Sorgen um mich gemacht. Ich habe auch geträumt, dass ich auf der
Heimfahrt einen Unfall verursache und sterbe. In dem Traum bin ich
betrunken Auto gefahren. Es gab ein Unwetter und ich konnte das Rücklicht
des Autos vor mir nicht mehr richtig sehen. Du warst immer das Auto vor
mir mit dem rettenden Rücklicht, Elena. Dann hab ich geträumt, dass du
nicht zum Begräbnis kommst. Genauso wie meine Schwester nicht zum
Begräbnis unseres Vaters gekommen ist. Genauso wie du vermutlich nie
zurückrufen wirst."

Ich sehe es ein. Aber ich habe es mir versprochen. Entweder erfriere ich hier oder sie meldet sich und ich komme nach Hause zu ihr.

Entweder erfriere ich hier oder sie meldet sich und ich komme nach Hause zu ihr. Entweder erfriere ich hier oder sie meldet sich und ich komme nach Hause zu ihr. Entweder erfriere ich hier oder sie........

„Hey Elena...."

SILVIO

In dieser Nacht bin ich nicht gestorben oder erfroren oder sowas. Ich bin aber auch nicht zu ihr nach Hause gekommen. Nicht zurück nach Wien, Hietzing, Auhofstraße. Silvio hat sich schließlich doch gemeldet und mich aufgelesen.

Salzburg beginnt langsam damit, die Weihnachtsbeleuchtungen zu entfernen. Die Märkte werden abgebaut und die Stadt glänzt nicht mehr. Ich realisiere, dass ich zu Weihnachten von meiner Familie noch nie so weit entfernt war wie dieses Jahr. Sogar Silvio ist über die Feiertage bei seinen Liebsten. Und auf Raves. Unsere Zwangs-Wohngemeinschaft läuft besser als wir beide dachten, ich konnte in Salzburg bleiben und Silvio kann das Geld gut gebrauchen. Er geht noch immer gern auf Raves und ich habe diese billige Bar am Rudolfskai entdeckt. Bei welcher ich fast jeden Tag bin, bei welcher ich fast mein gesamtes letztes Erspartes versoffen habe.

Einmal, mit der E-Zigarette von Burgi und der letzten Ladung Cola-Rauch bewaffnet, kam ein Obdachloser beim Rauchen draußen vor dieser Bar zu mir und hat mich um Kleingeld gebeten. Ich habe ihm nur direkt in die Augen gesehen und er hat sich sofort bei mir entschuldigt. Er hat mir versichert, dass Gott für uns alle einen Plan hat und dass alles wieder, eines Tages zumindest, in Ordnung kommt. Dieser Obdachlose hatte das ehrliche Bedürfnis, mich zu trösten. In dieser Art zu trösten, wie es nur ein anderer Mensch kann, der Not leidet. Ich hätte niemals gedacht, dass ich so erbärmlich aussah.

Silvio hat mir für einen Monat die Miete erlassen. Er meint, ich wäre vertrauenswürdig und ja mittlerweile schon ein Freund geworden. Ich scherze noch mit ihm so auf *„Haha, tja bin ich wohl tatsächlich geworden, oder?"* und dann spielen wir Xbox und lachen gemeinsam. Bei der nächsten fälligen Miete kann ich wieder nicht zahlen und diesmal lacht keiner von uns. Also schleiche ich mich um 2 Uhr morgens aus Silvios Apartment, weil ich es mit Ehrlichkeit und Aufrichtigkeit nicht mehr schaffe. Mit den Werten, die mir vermittelt wurden, nicht mehr schaffe. Ich weiß, ich bin ein Feigling, ich weiß, es werden verflucht schlechte Nächte folgen.

Also gehe ich noch ein letztes Mal zu dieser Bar und lasse mir einschenken:

Auf eine Tochter, die ich niemals kennenlernen werde.

Auf eine Frau, die mich nicht mehr liebt.

Auf eine ältere Dame, der ich meine Dunkelheit angetan habe.

Auf einen Freund, den ich verraten habe.

Auf eine Stadt, die mich heilen sollte und mich kaputt gemacht hat.

Auf einen toten Vater, ein totes Idol, ein totes Vorbild.

Auf die letzte Telefonzelle Salzburgs.

Der Ford Mondeo hat noch einen halben Tank übrig und diese Flasche hier ist noch längst nicht leer.

In dieser Nacht, in der letzten Telefonzelle Salzburgs, hat sie sich nicht gemeldet. Ich bin nicht nach Hause gekommen. Ich habe mir geschworen, dass ich entweder wieder zu ihr komme oder erfriere. Bei dieser einen Sache habe ich mich nicht enttäuscht. Ich bin vielleicht nicht körperlich erfroren, aber tief im Inneren ist es mir endgültig gelungen, komplett zu erfrieren. Man muss wohl immer das Positive sehen.

Der Ford Mondeo hat noch einen halben Tank übrig und diese Flasche hier ist noch längst nicht leer.

Also vielleicht schaffen wir das mit dem Körperlichen auch noch.

WIE KRIEG ICH DIE ZEIT BIS ZU MEINER BEERDIGUNG TOT?

Langsam beginne ich zu glauben. Ganz langsam, aber beständig, beginne ich an Gott zu glauben. Ich bin mir sicher, dass Gott existiert, und er hasst mich. Langsam beginne ich auch zu glauben, dass meine Mutter gelogen hat. Über Anmut und Göttlichkeit, die Werte, die sie mir mitgeben wollte und wie man ein guter Mensch wird. Ich habe nie etwas von Religion gehalten, doch die Werte haben immer Sinn ergeben. Liebe deinen Nächsten und sowas. Klingt doch eigentlich ganz vernünftig. Sie wollte einen guten Menschen aus mir machen und ich habe es versucht. Oh Gott, ich habe es wirklich versucht. Jetzt fahre ich betrunken durch Salzburg, im Auto meines toten Vaters, fast schon flehend, endlich gestoppt und erwischt zu werden, nachdem ich einen Freund um die Miete geprellt habe und feige abgehauen bin. Das war es dann wohl mit den Werten. Meine Eltern haben es versucht. Trostpreis, dabei sein ist alles.

Diese Erkenntnis schmerzt wie ein übler Sonnenbrand und lässt mich aus einem wunderschönen, tiefen Schlaf erwachen.

Ich parke vor der Markuskirche, kurble das Fenster runter und sehe die Menschenmengen aus der Abendmesse kommen. Kann den Kirchengesang noch leicht verschallen hören, mich nie ganz erreichend. Die Menschen sind glücklich, sehen so erfüllt aus. Auch das erreicht mich nicht. Meine Mutter würde es absolut lieben hier.

Ich steige aus und gehe ein wenig durch den angrenzenden Park. Das Pfeifen des Windes ist ohrenbetäubend, erinnert mich unweigerlich an die toten Blätter vom Park in der Auhofstraße. Unser Park. Damals trieb der Wind diese Blätter am Asphalt herum und das hat mich an unsere gemeinsamen Schritte erinnert, an unsere Spaziergänge. Heute rauscht nur der Wind, dessen Stimme mich an ein gedämpftes Pfeifkonzert erinnert. Alle sind gegen mich. Elena geht nie wieder neben mir, Hand in Hand. Vereint in gemeinsamen Zielen, versöhnlichen Zeilen und wunderschönen Wünschen. Das ist meine Schuld.

Aber irgendwie komme ich schon durch. Die einzigen Werte, die ich mitbekommen habe, sind jetzt verkauft und verraten.

Ich hoffe, Silvio wird mir irgendwann verzeihen können.

Ich hoffe, der Schmerz, den ich Elena angetan habe, wird vergehen.

Ich hoffe, meine Mutter kommt ohne meine Unterstützung durch.

Ich hoffe, meine Schwester erleidet niemals etwas ähnliches.

Ich hoffe, ich werde niemandem mehr Leid zufügen und dass dieses kleine Fläschchen mit Cola- Geschmack für die E-Zigarette von Burgi niemals leer wird. Genauso wie die Flasche mit Alkohol auf meinem Rücksitz. Würden Blutegel an mir saugen, die wären wohl sofort tot. Ich war die ganze Zeit schon giftig. Würde jemand beginnen, den Himmel zu zerbomben, so würde er wohl genauso aussehen wie jetzt in diesem Moment für mich. Gebrochen und voller dunkler Umrisse.

Ich verlasse den Park, lasse die Stimme in der Brise verstummen. Kehre zurück zu dem Ford Mondeo meines Vaters. Es wird Zeit für uns, Salzburg zu verlassen. Nur habe ich diesmal kein Ziel. Also fahre ich dahin, wo ich immer hingefahren bin, wenn ich nichts mit mir anzufangen wusste. Richtung Poysdorf, Richtung Landleben, Richtung Großeltern. Da, wo ich Elena das letzte Mal so richtig glücklich gesehen habe. Umgeben von den Kindern meiner Cousinen. Umgeben von der Idee, so ein Leben auch mit mir bald aufzubauen. Diese Erinnerungen wieder so lebhaft zu spüren könnte mir den Rest geben, aber es ist mir egal geworden.

Wie kriegt man die Zeit bis zu seiner Beerdigung sonst tot?

BRUCE SPRINGSTEEN

Wenn Beziehungen beginnen, sind sie aufregend. Neu und spannend. Unberechenbar. Wie ein Streichholz in der Kombination mit Gas. Als wir uns kennenlernten waren wir jung, oft betrunken und haben die ersten Schulstunden verschlafen. Ich wurde dann aber erwachsen und langweilig und du hast dich oft in die spannende Zeit zurückgesehnt.

Nun, hier steh ich am Hauptplatz von Poysdorf, Niederösterreich und hoffe, dass mich keiner meiner Verwandten sieht. Den Ford Mondeo mit geeignetem Sicherheitsabstand geparkt. Ich bin betrunken und ich gebe ihr die Schuld. Bin ich jetzt wieder cool und unberechenbar? Oder ist das eher bitter und erbärmlich?

„Du bist keine Heilige, genauso wenig wie ich."

Ich schlendere um das kleine Haus meiner Großeltern herum und starre auf das große, braune Garagentor. Kann die Szene in meinem Kopf komplett nachkonstruieren, obwohl ich den Garten nicht sehen kann. Du liefst mit den Kindern meiner Cousine durch das Gras, siehst wunderschön dabei aus. Glücklich, unbeschwert und fast schwebend. Die Kinder mochten dich. Meine Verwandten fanden dich spitze, klopften mir auf die Schulter und nickten mir anerkennend zu. Endlich habe ich etwas richtig gemacht. Das ehemalige schwarze Schaf hat den einen richtigen Schritt geschafft, der alles Vergangene wieder in ein positives Licht rückt – heiraten. Und dann noch eine Frau. Mein katholischer, gutbürgerlicher Familienbaum konnte vor Freude die Äste kaum still halten.

Und jetzt stehe ich hier. Noch immer wie angewurzelt vor dem großen, braunen Garagentor meiner Großeltern. Nicht, weil ich mich vor dem Gespräch mit meinen Großeltern fürchte. Nicht weil ich mich vor ihren Blicken fürchte, die unweigerlich kommen würden, da ich schrecklich aussehe. Meine Großeltern wissen, wenn ich hier allein herkomme, dann habe ich keinen anderen Ort auf der Welt. Wahrscheinlich würden sie mir sogar aus meiner misslichen Situation helfen. Mir Geld geben und mich duschen lassen. Würden ihren großelterlichen, bürgerlichen, katholischen Rettungsring um mich werfen und mich vor dem Ertrinken retten. Sie würden mich trösten. Nein, meine Großeltern sind nicht der Grund, warum ich nicht hineingehe.

Ich habe Angst, Panik und inneren Terror davor, diesen Garten wiederzusehen. Was sich in meinem Kopf abspielen würde. Ich würde sie mit unserer Tochter sehen. Spielend und glücklich. Diese Vorstellung würde mir endgültig den Rest geben.

Also wende ich mich ab und habe seit einer furchtbar langen Zeit wieder so etwas wie eine Art von Lächeln im Gesicht. Diese Vorstellung im Garten hätte mich zerstört und das möchte ich nicht. Ich möchte weitermachen.

Ich gehe zurück zum Ford Mondeo und verwende meinen Mantel als Decke. Nachts ist es hier wirklich eiskalt. Frierend durchsuche ich nun das Auto nach den alten Bruce Springsteen CDs meines Vaters. Wir hatten jedes Album durchgehört, aber er mochte nur *Born in the USA*. Genau diese CD fand ich dann auch im Handschuhfach. Er hat mir alles erklärt, was es über Bruce Springsteen zu wissen gibt und warum *Born in the USA* das größte Album aller Zeiten ist. Warum der gleichnamige

Song eigentlich ursprünglich ironisch gedacht war. Es hat uns verbunden.

In dieser Nacht denke ich viel über meinen Vater nach. Was er mir mitgegeben hat, wie er mich erzogen hat. Ich frage mich, was er wohl sagen würde, wenn er mich jetzt sehen könnte. Ob er mich überhaupt erkennen würde. Ich versuche zitternd unter meinem als Decke umfunktionierten Mantel zu schlafen. Bruce Springsteen gibt alles, versucht sein Bestes mir dabei zu helfen:

„I get up in the evening

And I ain't got nothing to say

I come home in the morning

I go to bed feeling the same way

I ain't nothing but tired

Man, I'm just tired and bored with myself

Hey there baby, I could use just a little help"

PARADIGMENWECHSEL

Ich wache auf mit einem dröhnenden Schädel und Rückenschmerzen. Der Traum, den ich hatte, war furchtbar, das Auto als Bett war furchtbar, mein Mantel als Decke war furchtbar, genauso wie Bruce Springsteen als Wecker – und das alles in Kombination ist wohl nicht sonderlich gut für den Körper. Zwei Tage ist es her, seit ich vor dem großen braunen Garagentor meiner Großeltern stand. Seitdem habe ich nichts mehr getrunken. Ich habe keine Lust mehr darauf. Es ist der Punkt erreicht, an dem ich mich nicht einmal mehr zugrunde saufen will. Ich bin so depressiv, dass mein eigenes selbstzerstörerisches Verhalten mir zu langweilig und anstrengend wird. Ich weiß natürlich nicht, ob ich wirklich depressiv bin, ich kenne mich ja nicht aus. Aber ich bin traurig und niedergeschlagen. Mir ist egal, was mein Körper fordert. Jetzt beginnt der Entzug. Zwei Tage hatte ich Zeit, um Abstand zu gewinnen, weit bin ich nicht gekommen. Ich verlasse den Ford Mondeo und es ist schon wieder dunkel. Ich habe anscheinend auf einem Campingplatz in der Nähe von Poysdorf geparkt und ich erkenne ihn wieder. Der Badeteich ist nicht weit entfernt, als Kinder waren wir hier oft.

Ich muss ganz nah sein. Also spaziere ich über den Parkplatz und versuche, mich nicht zu übergeben. Bahne mir den Weg durch das Schilf und spüre Wasser. Ich habe vom Ertrinken geträumt. Und ich bin kein Idiot, ich weiß genau, dass ich depressiv bin, vermutlich weil ich mich so isoliere von allen. Weil ich nicht rede. Genauso wie damals nach dem Begräbnis meines Vaters. Genauso wie damals nach der

Sache mit der Fehlgeburt. Ich weiß genau, dass solche Träume eine Begleiterscheinung davon sind. Mein Blick schweift in die Leere des Badeteichs und wandelt sich in ein starres Verharren eben dessen, bis ich dann beginne, durch das seichte Wasser zu waten. Mein Blick wandert umher, flieht fast so wie ich es getan habe. Und es fühlt sich so an, als würde ich deinen Geist jagen. Und ich denke nach über das Ertrinken. Einfach hinlegen und loslassen. Man würde sich wohlig an mich erinnern, mit einer Wärme, die man nicht mehr so bekommen kann. Wie ein Produkt, das nicht mehr hergestellt wird. Wie ein verstorbener Popstar. Dinosaurier liebt man auch nur, weil die ausgestorben sind. Ich würde in den Himmel kommen und dort meinen Vater treffen. Mit meiner Tochter, huckepack auf den Schultern. Ich könnte sie kennenlernen.

Mein Kopf schüttelt sich von allein ohne mein Zutun und wirft diese Gedanken ab. Ganz so als würde mein Vater persönlich da oben sitzen und mir diese Flausen aus dem Kopf rütteln. Ich schaue nach oben und murmle ein unverständliches „*Danke*".

Jetzt wo mein Körper nach Alkohol schreit und keinen bekommt, giert er auch wieder nach Zigaretten. Wie automatisch greife ich in die Innentasche meiner Jacke, auf der Suche nach der Packung und dem Feuerzeug, bis mir einfällt, dass ich diese ja bei Burgi in Salzburg durch die E-Zigarette ersetzt habe. Diese finde ich in der Innentasche. Das Fläschchen mit dem Cola-Nikotin-Misch ist schon längst leer. Doch in der Innentasche habe ich auch die wilden Taglilien gefunden, die ich damals auf dem Weg nach Salzburg voller Euphorie aufgesammelt habe. Sie sind vertrocknet und leblos.

„Die wilde Taglilie in mir will nicht mehr wachsen, sie flucht immer und stöhnt genervt auf. Sie sagt mir, dass ich dumm bin und alle besser dran wären, wenn ich mit ihr sterbe."

Das hatte sie mir damals gesagt. Ihr kreativer, furchtbarer Weg mir mitzuteilen, dass wir unser Baby verloren haben. Sie hatte das Baby immer Taglilie genannt, ihre Lieblingsblume, ein süßer Kosename, der sich schrecklich entwickelte. Elena war der festen Überzeugung, dass dieses Baby sie nicht wollte, dass sie dem Baby nicht genug war. Ihr Körper dieser Verantwortung nicht gewachsen war. Anstatt ihr zu helfen, habe ich mich verschlossen. Habe mir ihre todtraurigen Texte durchgelesen und mich in diese fallen lassen, anstatt ihr positive Gefühle und Gedanken zu übermitteln.

Ich hole vor Wut erfüllt und voller Zorn weit aus und werfe die E-Zigarette von Burgi so weit ich kann Richtung Mitte des Badeteichs. Es ist ein schönes Gefühl, endlich etwas Anderes zu spüren als Leere und Nichts. Ich bin endlich wieder zornig. Und ich kann diesen Zorn rauslassen.

Die E-Zigarette landet auf einem alten, deutlich in Mitleidenschaft gezogenen Boot, welches hier schon ewig verweilt. Vor zwei Jahren schon, als wir zu Besuch waren, war dieses Boot da. Es kämpft gegen die Wellen und übersteht trotz seines Zustandes immer noch die Jahreszeiten. Ich schließe die Augen und entferne mich aus dem Wasser. Ich stelle mir vor, ich wäre dieses Boot.

Ich vergrabe die Taglilien hier beim Badeteich und hoffe, dass sie irgendwann wieder erblühen und leben. Genauso wie Elena. Ich hoffe so inständig, dass ihr Paradigmenwechsel sanft ist.

Ohne mich.

KAPITEL II

FORD MONDEO

Ich wünsche mir, es würde mehr Telefonzellen in Mistelbach geben und vermutlich bin ich allein mit diesem Wunsch. Erstens sind die Dinger ein gutes Stilmittel, um einer Krise noch den nötigen Ausdruck zu verleihen. Zweitens muss man mit niemandem in Kontakt treten, um sie zu verwenden. Um Guthaben für mein Prepaid Handy zu bekommen, muss ich etwas in Kauf nehmen, was ich in letzter Zeit tunlichst vermieden habe – sozialen Kontakt. Aber der junge Typ war nett und hat mich nicht mit verachtenden Blicken gestraft. Vielleicht hatte er selber eine schwierige Nacht, oder wie ich – ein schwieriges Jahr.

Ich rufe meine Mutter an, um das Baujahr des Ford Mondeo herauszufinden, generelle Infos über das Auto. Alles, was ein echter Kerl oder ein echter Mann halt eigentlich wissen sollte. Doch es ist mir mittlerweile egal und ich bin froh, mit ihr zu sprechen. Und ich schwöre, bei jeder ihrer Antworten konnte ich die Stimme meines Vaters hören und die Leidenschaft, die unweigerlich verbal mitschwingt. Die nur er hatte.

„Ich komme bald nach Hause. Kann ich mir ein bisschen Geld leihen? Hab ein paar Schulden, die ich dringend begleichen möchte. Ich weiß, es klingt ein bisschen verzweifelt, aber ich schwöre, ich zahle dir alles zurück."

Mit dem Geld lasse ich eine Werbung in einer Lokalzeitung schalten.

So auf:

„Der Ford Mondeo war mal das Auto des Jahres 1994. Michael Schumacher hat das zumindest gesagt. Wenn du mal Ölflecken auf der Kleidung hattest, wenn alte Lieder durch deinen Kopf summen, wie der Motor von diesem Auto, und du das alles wieder fühlen willst, dann hab ich genau, was du brauchst. Ford Mondeo.“

Ich war niemals so ein richtiger, kerniger, männlicher Alpha-Mann. Autos interessieren mich nicht und ich fahre auch nicht gerne. Der Ford Mondeo ist mir nur so nah am Herzen, weil er mich an meinen Vater erinnert. Sentimentaler Wert. Aber ich muss jetzt ehrlich mit mir sein, besonders nachdem ich an einem Badeteich in Niederösterreich kurz an Selbstmord gedacht hatte. Es war nicht richtig, mit dem Auto meines toten Vaters einfach abzuhauen und vor meinen Problemen zu fliehen. Klar, meine Mutter hat es mir angeboten und es hätte vielleicht auch wirklich helfen können. Hat es aber nicht. Und sie wusste es wohl nicht besser. Woher auch?

Für einen richtigen, ernsten und heilenden Neustart muss ich wirklich auf einem komplett weißen Blatt wieder beginnen. Ich verkaufe den Ford Mondeo und damit auch alle Gefühle, die mich am Loslassen hindern. Vom Beten habe ich genug, von Religion generell habe ich genug. Und ob mein Vater mich wirklich da oben hören kann – keine Ahnung mehr. Es ist auch egal geworden. Aber wenn er mich wirklich irgendwie hören kann: Ich finde jemanden, der gut auf sein Auto aufpasst. Manchmal habe ich so Flashbacks und finde mich in der Garage wieder, wo er mit lauter Ölflecken bedeckt und Lieder summend an dem Auto geschraubt hat. Im Sommer, später Abend. Mit einem Lächeln im Gesicht, das ich so niemals erreichen werde, weil ich Autos einfach nicht gut finde und dieses, abgesehen vom sentimentalen Wert, nicht besser ist als alle anderen.

Deswegen die Anzeige in der Zeitung. Mit technischen Daten kann ich nicht punkten, aber ich finde einen Käufer, der emotionalen Wert darauf legt.

So auf:

„Der Ford Mondeo war mal das Auto des Jahres 1994. Michael Schumacher hat das zumindest in einer Werbung gesagt. Wenn du mal Ölflecken auf der Kleidung hattest, wenn alte Lieder durch deinen Kopf summen, wie der Motor von diesem Auto und du das alles wieder fühlen willst, dann hab ich genau was du brauchst. Einen gottverdammten Ford Mondeo."

Dieser Typ namens Robert hat angerufen und meinte, er hat so ein Auto mal besessen, als er jünger war und alles viel schöner. Seine Frau sei letztes Jahr verstorben und der Verlust falle ihm schwer – ich habe mich ihm direkt verbunden gefühlt. Robert hat dieselben Augen wie mein Vater, als er das Auto schließlich sieht und er erzählt mir nostalgische Geschichten über seine Vergangenheit. Über seine Frau. Über den Rücksitz. Den letzten Teil habe ich nicht unbedingt gebraucht. Aber als er hinter dem Steuer sitzt und nun dieses Lächeln im Gesicht trägt, weiß ich, es ist die richtige Entscheidung. Er kann so ein Lächeln, so ein Funkeln in den Augen erreichen. So wie du. Es ist in guten Händen.

Robert kann nicht den ganzen Preis zahlen, den ich wollte. Er meint, es wäre auch nur mal schön gewesen, wieder in diesem Auto zu sitzen. Ich weiß, er wird dein Auto, deinen Besitz gut behandeln. Also hab ich ihm einen besseren Deal gemacht. Und ich brauche sowieso nur genug für einige wenige Dinge.

Für ein Busticket.

Für meine Schulden bei Silvio.

Für meine Mama.

„Der Ford Mondeo war mal das Auto des Jahres 1994. Michael Schumacher hat das zumindest gesagt. Wenn du mal Ölflecken auf der Kleidung hattest, wenn alte Lieder durch deinen Kopf summen, wie der Motor von diesem Auto und du das alles wieder fühlen willst, dann hab ich genau was du brauchst. Einen Ford Mondeo.“

AUHOFSTRAßE PART 2

Ich bin genug gelaufen. Oder gefahren. Jetzt sitze ich im Zug und lasse alles Revue passieren. Meine Mama hat es sicher gut gemeint, als sie mir nahe legte, den alten Ford Mondeo zu nehmen und einfach zu fahren. Den Kopf frei bekommen. Leider habe ich meinen Kopf nicht frei bekommen, sondern ihn hängen lassen. Ich bereue so einiges:

In dem Auto meines toten Vaters vor all meinen Problemen geflohen. Dieses dann sogar als Schlafplatz bei eisigen Temperaturen verwenden müssen. Bis heute nicht herausbekommen, was an dem Auto defekt war.

Sich aus dem Apartment eines Freundes geschlichen, der es nur gut mit mir meinte, weil ich meinen Anteil an der Miete versoffen habe.

Auf dem Weg komplett verlernt, an Gott oder irgendwas zu glauben. Ich hab mich mit Gott geprügelt und Dämonen gesagt, was mir nicht passt. Beide haben mich besiegt.

Bei einem lächerlichen Badesee in Niederösterreich über Selbstmord nachgedacht.

Ich habe es satt zu laufen. Es wird Zeit für mich, wieder nach Wien zu gehen, wieder in die Auhofstraße und mich mit Elena zu versöhnen. Ich weiß, ich kann nicht zurück und ich weiß, es wird nie wieder gut. Aber ich muss mich verabschieden und dieses Kapitel endgültig schließen. Diese Zugfahrt wird vergehen, wird verwehen, wie so eine Strähne ihres Haares aus ihrem Gesicht, wenn der Wind heult. Ich wünschte, ich könnte einfach einschlafen.

Guten Morgen Wien, Bahnhof Hütteldorf. Von hier aus ist es nicht weit und ich kann zu Fuß gehen. Über diese Brücke, durch diesen Park. Vorbei an diesem Krankenhaus. Ich schlendere diese engen Straßen entlang, bewaffnet mit einem dieser 1€-Kaffeebecher vom Bahnhof und diesen tausenden Sätzen, die ich ihr zu sagen habe. Zwei Würfel Zucker. Bittersüß, wie eine Grapefruit. Am meisten habe ich den Park vermisst, auf der Parkbank zu sitzen und die alten Menschen zu beobachten. In Hietzing gibt es nur alte Menschen und wenig Action. Wir haben uns ausgemalt, mal wie die zu werden. Vor dem grauen Gebäudekomplex in der Auhofstraße setzt zum ersten Mal Nervosität ein. Gehemmtheit. Starre. Aber sie hat ihr Fenster gekippt und ich weiß, es wird nicht umsonst sein. Ich traue mich nicht zu läuten und von ihr dann durch die Kamera der Gegensprechanlage beim Vordereingang gesehen zu werden, aber ich weiß, dass die Türe hinten neben dem Müllraum manchmal nur angelehnt ist. Heute ist sie es wieder.

Eine gewonnene Minute um mich zu sammeln.

Die Notiz, dass der Lift defekt ist und sich schnellstmöglich um das Problem gekümmert wird, sehe ich als kosmischen Witz. Genau mein Humor. Also nehme ich die Stiegen bis zur Tür 18. Langsam.

Drei gewonnene Minuten.

Eigentlich möchte ich so nicht sein. Unfair. Aber ich muss es wissen. Ich versuche, meinen Schlüssel zu stecken und er passt nicht mehr. Stich ins Herz, selbst schuld, ich wollte es ja so. Ich nehme es ihr nicht mal übel, sie will abschließen. Nicht nur die Tür, sondern auch mit mir. Ich würde es wohl genauso machen.

30 gewonnene Sekunden.

Starr stehe ich vor der braunen Sicherheitstür und sammle die Courage, den Mut zu klopfen. Was genau will ich eigentlich hier? Will ich eigentlich überhaupt irgendwas? Ich will nichts. Aber ich klopfe. Wie ein zaghafter junger Typ, der Schokolade für sein Schulprojekt verkaufen will. Ich klopfe wie ein Zeuge Jehovas, der schon lange aufgehört hat, an die Sache zu glauben und der keinen Bock mehr hat, sich über Gott zu unterhalten. Wie der verschüchterte Nachbar, der von seiner Frau gezwungen wird, hier zu klopfen und sich zu beschweren, weil die Musik zu laut ist.

Ein junger, attraktiver Mann öffnet und mein Herz bleibt stehen. Es bleibt nicht nur stehen, es macht eine Bruchlandung auf den gereinigten Gangboden. Es fährt betrunken Auto und baut einen Unfall, genauso wie in dem Traum, den ich hatte und diesen in der letzten Telefonzelle Salzburgs, den ich Elenas Anrufbeantworter erzählte.

Ein junger, attraktiver Mann erzählt mir, dass er diesen Monat eingezogen ist und die Vormieter gar nicht kennt und von mir noch nie gehört hat. Er wundert sich bestimmt, warum ich hier, in der Auhofstraße, direkt vor ihm auf dem frisch gereinigten Boden zusammenbreche. Ist sein gutes Recht.

Zumindest war das meine Chance, noch mal in die Wohnung zu kommen, da er mich hineinließ und mir ein Glas Wasser anbot. Seine Freundin kümmerte sich, so nett es in so einer Situation möglich war, um mich. Die Wohnung war halb leer, nicht wiederzuerkennen. Hier war tatsächlich erst frisch jemand eingezogen, wollte sich ein neues Heim aufbauen. Die Löcher repariert. Die depressive Stimmung ausgetauscht durch Hoffnung. Nur der Raum für das Baby blieb ähnlich eingerichtet. Die Grapefruit-Farbe wurde durch ein einheitliches Rosa ersetzt. Voller Leben. Diese zwei waren stark genug.

„Es tut mir leid, Mann, ich wünschte, ich könnte dir mehr sagen. Aber nein, eine Elena wohnt hier nicht mehr."

Eine Elena wohnt hier nicht mehr.

TAUFE

Ich plaudere noch eine ganze Weile mit ihnen. Sie sind nett, erzählen mir, dass ihnen die Wohnung gefällt und sie hier genug Platz für sich und das Baby hätten. Thomas, Kerstin und die kleine Magdalena. Sie führen jetzt hier das Leben, das für mich bestimmt war. Das hätte ich sein sollen. Wir sein sollen. Aber komischerweise gönne ich es ihnen, war nicht neidisch. Sie waren mir sympathisch. Der Umstand, dass Elena weggezogen ist, dass ich sie scheinbar um wenige Wochen, vielleicht Tage, verpasst habe, belastet mich mehr. Wäre ich nur ein bisschen früher zu der Erkenntnis gekommen, wie unsinnig das alles war. Das junge Paar war mitten in der Planung für die Einrichtung. Nur diese Couch war hier, mittig im Raum platziert, und ich erkenne sie wieder. Die hat Elena wohl übriggelassen. Die konnte sie nie so wirklich leiden. Es lag entweder am Muster oder der Textur, ich weiß es nicht mehr. Ich kann mich nicht mehr erinnern. Nur, dass ich jede verfluchte Nacht nach der Trennung auf dieser Couch geschlafen habe.

„Du schläfst also bei deinen Eltern? Gut, ich schlafe auf der Couch. Ich hasse
unser Bett ohne dich da drinnen."

Innerlich durchlebe ich diese Nächte gerade wieder. Zeit zu gehen. Am Weg nach draußen zeigt mir Thomas noch ein Feuerzeug und fragt mich, ob es vielleicht mir gehöre. Es war mein Feuerzeug, das Geschenk von Elena. Auf ihm der liebevoll, trockene Satz:

Ich bedanke mich für alles und stecke das Feuerzeug ein. Wieder auf der Straße kann ich kaum meine Gedanken sortieren. Ich zittere so, als hätte ich wieder getrunken, aber es ist schlimmer. Sie ist jetzt wirklich weg, auch die utopische Illusion, sie nochmal zu einer Versöhnung zu überreden. Ich war nun seltsam traurig, unangenehm frei. Ich sacke vor der angelehnten Tür, neben dem Müllraum, zusammen und schließe meine Augen.

Damals ließ sie mich warten wie eine schadhafte U-Bahn. Wie eine Straßenbahn mit einem erkrankten Fahrgast. Und ich habe ihr stundenlang die Tür aufgehalten. Stundenlang ausgeharrt und den anderen versichert, dass sie gleich kommen würde. Sie kam nicht. Irgendwann musste ich raus. Runter von dieser Couch.

Vor meinem inneren Auge sehe ich, wie alles überflutet wird. Wie das Wasser sich die Auhofstrasse holt. Ich fühlte mich immer zum Wasser hingezogen. Da leuchten Buchstaben über der Stadt und wenn man sie zusammensetzt, gewinnt man ein Wort aber verliert den Verstand. In meinem Kopf tanzen die Dämonen, spielen ein Theaterstück über die Apokalypse. Mein eigener Fallout. Mein eigener Untergang. Das Wasser holt sich alles zurück. Ist das jetzt der Klimawandel oder werde ich endgültig verrückt? Ich summe einen Song von Bruce Springsteen, total aus dem Takt, denke an meinen Vater, kann mich nicht selbst beruhigen. Um mich herum bricht alles ein und ich erinnere mich, dass mich das Wasser schon einmal fast geholt hätte, Nähe Poysdorf bei diesem verfluchten Badeteich.

Damals ließ sie mich warten wie eine Ärztin, die mit der Arbeit nicht hinterherkommt. Wie eine ewige Warteschlange zum Schalter für die Anmeldung. Und ich habe stundenlang im Wartebereich verweilt.

Stundenlang ausgeharrt und mir selbst versichert, dass sie mich gleich aufrufen würde. Sie rief nie. Irgendwann musste ich raus. Raus aus der letzten Telefonzelle Salzburgs.

Es gibt bestimmt einen Kalender, der lange genug Zeit einräumt, bis sogar ich geheilt bin. Zeit heilt ja angeblich immer alle Wunden. Es gibt bestimmt auch einen Kalender, der mir lange genug Zeit einräumt, bis diese Wahnvorstellung vergeht. Bis ich nicht mehr durchdrehe. Bis das Wasser wieder sinkt.

Diese Zeit war noch nicht gekommen. Das Wasser steigt, reißt Gebäude ein. Die Auhofstrasse, der Park, das Krankenhaus, der Bahnhof. Alles wird vom Wasser verschlungen. Und wenn es nur hoch genug steigt, dann wird es sich alles holen. Wien. Poysdorf. Salzburg. Den Garten meiner Großeltern, wo du das letzte Mal glücklich warst. Den Badeteich, wo ich über Selbstmord nachdachte. Ford Mondeo, das Auto des Jahres 1994. Zumindest meint Michael Schumacher das. Wenn das Wasser nur hoch genug steigt, dann verschlingt es endlich alles. Unsere Wohnung. Dieses Feuerzeug mit Gravur. *Hör auf damit.* All meine schlechten Erinnerungen. Alles, was uns mal wichtig war, wird unter dem Wasser ruhen. Es wird sich Burgi holen mit ihrer E-Zigarette und dem Fläschchen mit Cola-Geschmack. Silvio wird während eines Raves ertrinken.

Dieser Fluss wird mäandern, sich teilen, die Städte zerfallen. Wie meine Hoffnung ertrinkt in diesen heiligen Hallen.

Ich sehe das alles vor meinem inneren Auge vorbeiziehen. Wie alles überschwemmt wird. Die Spitze von Gebäuden ragen noch heraus, Schiffe navigieren durch diese neue, untergegangene Welt an ihnen vorbei. Das alte Boot vom Badeteich.

Und da, ganz alleine und triumphierend, schwimmt einsam unsere alte Couch, die du nicht mitnehmen wolltest. Die Couch, die du weggegeben hast, so wie mich. Wir haben beide überlebt.

Ich öffne meine Augen und so plötzlich wie sie gekommen waren, verschwinden diese post-apokalyptischen Wahnvorstellungen wieder. Da ist ein müdes, fast schon erleichtertes Lächeln in meinem Gesicht. Ich habe sie überlebt.

Meine Mama würde jetzt sagen: Du wurdest gerade getauft. Die Gravur auf meinem Feuerzeug würde jetzt sagen:

Hör auf damit.

KAPITEL III

FARBE UND EIN OPEN MIC

Ich bin wieder zurück in Salzburg, Rudolfskai. Zurück bei Silvio, das Geld ist angekommen und er hat mir verziehen. Bei ihm unterzukommen, fühlt sich besser an als meiner Mutter oder meinen Großeltern zur Last zu fallen. Silvio hat mir geholfen einen Job zu finden, jetzt streiche und bemale ich Häuser für die Firma seines Vaters. Ich bin viel draußen, hab die Sonne im Nacken und ein wenig Geld in den Taschen. Familien, die in Salzburg urlauben, ziehen umher, Kinder lachen und ich übermale vermutlich Dekaden alte Farbe auf Häusern, in denen ich es mir niemals leisten könnte zu wohnen.

Allein mit meinen Gedanken, einer Brise um die Ohren und zum ersten Mal seit langer Zeit so etwas wie glücklich. Abends laufe ich durch die Altstadt, genieße die hektische Atmosphäre, eine Hektik, die mich nichts mehr angeht. Und ich schreibe jetzt viel, will mich mitteilen, schreibe Songs und Texte. In traurigen, kleinen Lokalen versuche ich mich als Sänger, Poet oder einfach als Typ, der was mitteilen will. Es gibt viele traurige Open Mic Veranstaltungen und ich bin dort. Die Leute wollen Ambros, Fendrich, Wanda oder Yung Hurn. Sorry, ich habe nur die Lieder und Texte über mein letztes Jahr. Das ist alles, was ich habe. Einigen gefällt das und es bedeutet mir die Welt.

Ich habe wieder angefangen zu rauchen. Eigentlich eine saublöde Sache, rein für das körperliche Wohl, aber mein seelisches Wohl feiert Jubeltage.

Ich mag es zu rauchen, weil mir gefällt, wie kurz mir die Tage dadurch vorkommen. Ich mag es zu rauchen, weil mir gefällt, dass ich mich nicht mehr für jemanden verbessern möchte. Irgendwas wird mich irgendwann sowieso umbringen. Also wieso dann nicht rauchen? Keine E-Zigaretten mehr, normale Zigaretten. Einfach weil ich es jetzt kann. Ich finde es gut, die Welt durch den Rauch zu sehen.

Durch die Auftritte und das Rauchen komme ich wieder in Kontakt mit Menschen. Wir haben alle unsere Laster, jeder hat seine Probleme. Niemand ist besonders. Manchmal ist dieser Gedanke schön. Die Leute fragen mich nach meinem Namen.

Abends laufe ich durch die Altstadt und genieße es, einen Grund zu haben, morgens wach zu werden. Ich beobachte die Menschen und fühle mich irgendwie verbunden. Stelle mir vor, wie die Kassiererin der Drogerie ähnliche Probleme hat wie ich. Vermutlich hat sie diese sogar auch.

Wir sind alle irgendwie verbunden, da ist diese Kette, die uns vereint. Auf diese schräge Art und Weise.

Ich frage mich, wie all diese Leute, die hier durch die Altstadt hetzen, wohl heißen.

Wir geben uns gegenseitig Namen. Kosenamen, echte Namen, wir heiraten und übernehmen Namen. Namen können gewichtig sein. Hitler, Lincoln, Gandhi. Sie können Terror oder Inspiration auslösen. Aber in den Momenten, wo es eng wird, wo es drauf ankommt, sind Namen doch auch nur irgendwelche Laute, die wir machen, um uns auseinander halten zu können. Was wir wirklich sind, lässt sich nicht auf diese Laute reduzieren. Die Frage ist doch: Kann ich kämpfen für eine Sache? Habe ich geholfen? Meinen Freunden, Geschwistern oder Kindern? Zumindest rede ich mir das ein. Da ist diese Kette, die uns alle vereint und die kannst du entweder fühlen und an ihr ziehen oder sie einfach ignorieren. Du kannst sie allerdings auch durchschneiden.

Meine Mutter hat mir einen Brief weitergeleitet. Das Schreiben mit der Mitteilung des Scheidungstermins. Der Schnitt der Kette. Unser gemeinsamer Name, der gelöscht wird.

Nein, Namen sind mir nichts mehr wert. Es sind nur Laute, die wir machen. Buchstaben, die sich zusammensetzen, damit wir mit unserem Mund halbwegs verständliche Geräusche erzeugen können.

Da ist eine Kette zwischen uns allen. Sie bleibt bestehen, egal wie fest man daran zieht. Ob wir jetzt wollen oder nicht.

RÜCKLICHT

Wir sitzen vor einem riesigen Tisch aus hellem Holz in einem Büro in Hietzing. Es könnte aber genauso gut der Ozean sein, so weit wie sich diese Distanz zwischen uns anfühlt. Seit dem Vorfall am Badeteich habe ich eine etwas angeschlagene Beziehung zum Wasser und diese Situation fühlt sich genauso wie ertrinken an. Ich wünschte, sie würde irgendwas sagen oder mich ansehen. Oh Schatz, Liebes, oh bitte.

Scheiße tut mir leid. Ich wollte dich nicht Schatz nennen. Nicht Mal in meinen Gedanken. Diese Sache hier muss so schnell über die Bühne gehen wie nur menschlich möglich. Ich starre auf den Tisch aus hellem Holz und schnipse mit den Fingern verstreuten Zucker weg. Rühre angestrengt in meinem Kaffee herum. Jetzt vermeide ich einfach auch Augenkontakt. Ich möchte es für uns beide leichter machen. Denn eine Sache ist vollkommen klar – ich hätte es dir zuvor schon viel leichter machen können. Es war schwer mich zu finden, ich war körperlich und geistig nicht erreichbar, hab mich in Salzburg herumgetrieben und sonst wo. Trotzdem beobachte ich dich leicht aus dem Blickwinkel, der sich mir anbot. Du faltest irgendwas.

Ich klammere mich an schöne Gedanken. An die Open Mic Veranstaltungen. An die, zugegeben, wenigen Personen, die mich nach den Auftritten auf die Texte ansprachen. Ich bin jedem von ihnen so unendlich dankbar. Ich klammere mich an die schönen Erinnerungen mit dem Ford Mondeo. An die eiskalten Nächte die wir beide überlebten. An das Rücklicht vor mir, an das ich mich klammern konnte, wenn ein Unwetter, ein Sturm aufzog. Sie war immer das Auto vor mir mit dem rettenden Rücklicht, Elena. Du warst jahrelang mein Rettungsanker, meine Rettungsleine. Ich habe mich zu lange festgehalten. Da ist eine Kette zwischen uns allen, die uns irgendwie verbindet. Wir schneiden unsere heute durch.

Als die Anwälte und die Richterin langsam in Fahrt kommen und damit beginnen, unsere Vergangenheit zu sezieren wie Schönheitschirurgen, die im falschen Beruf gelandet sind, beginn ich den Kopf abzuschalten und mit den Gedanken weg zu driften. Da sind Menschen mir gegenüber, deren Beruf es ist, unsere gemeinsame Historie umzuschreiben. Ich bin gedanklich raus aus der Nummer. Alles, was wir aufgebaut hatten, wird sorgsam mit einer Kettensäge zerstückelt und die Überreste dann gerecht aufgeteilt. Verbrennt die Erinnerungen. Verstreut die Asche über Wien.

Komm schon, bitte unterschreib einfach dieses Blatt Papier. Sie sitzt da und liest sich natürlich wieder alles sorgfältig durch. Achtet auf alles. Unterschreib den blöden Müll doch einfach. Es war doch deine Idee. Zwing mich nicht noch länger hier in diesem Raum zu sein, vor diesem hässlichen, hellbraunen Tisch. Komm schon, bitte unterschreib doch einfach. Ich möchte nicht, dass das hier die Sache ist, an die ich mich erinnere, wenn ich an dich denke. Nach einer gefühlten Ewigkeit kann ich dann Tinte blau trocknen sehen.

Komm schon, bitte unterschreib einfach dieses Blatt Papier. Diesmal bitte ich mich selbst. Es war meine Runde, Zugzwang. Ich kann meine Hand nicht ruhig halten aber schaffe es, den Stift auf das Papier auf dem hellbraunen Tisch zu drücken und dann Bewegungen durchzuführen, die wohl an meine Unterschrift erinnern sollen. Als ich kurz innehalte und meine Unterschrift ansehe, kann ich schwören, ich habe wilde Taglilien aus dem letzten Buchstaben wachsen sehen. So wild, so schön, so frei. So wie sie nun.

Wir haben beide unterschrieben und jetzt finden wir ein Ende für diese Düsternis. Es tut mir leid, dass du so etwas wegen mir durchmachen musstest. Wir verabschieden uns nicht, aber du steckst mir noch das kleine gefaltete Papier von vorhin zu. Eine letzte Nachricht. Dann sehen wir uns nie wieder. Mehr kann ich nicht verlangen und es ist in Ordnung.

Im Zug am Weg zurück nach Salzburg habe ich über Rücklichter nachgedacht und deine Nachricht.

„Die wilde Taglilie in mir will nicht mehr wachsen, aber sie lächelt sanft und gutmütig. Sie sagt mir, dass alles in Ordnung ist und sie immer bei mir sein wird. Und sie wird auch für immer bei dir sein."

GEBROCHENE NASE

Das ist jetzt irgendwie doch eine ganz neue Art von Leere. Ich hätte nicht gedacht, dass ich nach meinem letzten Jahr nochmal eine neue Facette davon kennenlernen darf.

Salzburg, diese schöne Stadt am Fuß der Ostalpen – und es lief doch so gut. Häuser streichen am Tag, Texte und Lieder vortragen bei Nacht.

Das ist jetzt auch irgendwie eine ganz neue Art der Stille. Ich sitze hier und zähle die Risse in der Wand, hab niemanden mehr, den ich anrufen könnte. Alle Optionen ausgeschöpft sitze ich hier in der Polizeiinspektion beim Rathaus und warte. Mir tut alles weh. Es ist halb drei in der Früh. Ich kann von der Lobby aus den Wetterbericht, der im Fernseher des Pausenraums läuft, erkennen. Es wird wieder sonnig.

Ich hatte noch nie eine echte Schlägerei. Als Kind habe ich mir gemeinsam mit meinem Vater und meiner Schwester manchmal diese übertriebenen Wrestling Shows angeschaut. Typen in Leggings, die mit aufgeblasenem Körper und einer noch aufgeblaseneren Gestik für Championships gegeneinander gekämpft haben. Die Typen, die Silvio und mir aufgelauert haben, hatten keine Leggings an. Sie haben auch keine Preise gewonnen oder wurden Champions. Niemand hat hier auch nur irgendwas gewonnen. Außer ich – nämlich zwei blaue Augen und eine vermutlich gebrochene Nase. Silvio wurde panisch, konnte abhauen und ich bekam das größte Übel ab.

In der billigen Bar am Rudolfskai, die ich im letzten Jahr ganz oft frequentierte, erkannten diese Typen Silvio. Und er erkannte sie. Er wurde nervös und wollte raus. Raus, zu den Lichtern der Straßenbahn. Ich habe nie so richtig erfahren, warum diese Typen Streit mit Silvio suchten – heute schätze ich, es ging um Geld und Tabletten, die man sich bei Raves wohl gern genehmigt. Silvio hat was verkauft – irgendwas ging schief. Ich stand zwischen den Fronten und hab mich natürlich für Silvio entschieden. Als es dann vier gegen eins war, bereute ich diese Entscheidung ein wenig. Die Polizisten hatten Ratschläge parat:

„Du willst keine Probleme mit dieser Gang mein Junge, glaub mir. Die sind hartnäckig. Wenn dich diese Sache nichts angeht, dann belasse es dabei. Jeder prügelt sich mal. Dein Freund soll sich bei uns melden."

Jeder prügelt sich mal. Dieser Satz blieb hängen. Ich prügle mich nämlich nie. Die Gang nennt sich SBG Hotboys. Nicht zu verwechseln mit der Nahrungsmittel-Billigprodukt-Reihe S-Budget einer örtlichen Supermarktkette. Die S-Budget Hotboys. Den Witz fanden die Typen nicht besonders witzig.

Der Barkeeper hat alles gesehen und zu unseren Gunsten ausgesagt. Er meinte, ich hätte lediglich einen Freund verteidigt, der dann weglief. Ich habe schließlich die Schläge kassiert – und ich kann Silvio nicht mal richtig böse sein. Die Nummer damals, als ich einfach abhaute, ohne meinen Anteil an der Miete zu zahlen, war vielleicht sogar noch schlimmer. Schwamm drüber.

Spätestens um 10 Uhr darf ich wieder gehen, wieder raus. Die Risse in der Wand erinnern mich an die alten Wände, die Silvio und ich gemeinsam für Geld strichen. Wir hatten bis jetzt einen wirklich guten Lauf und ich schätze, er endet hier. Ich möchte keine Anzeige machen und ich weiß es ist vermutlich feige und dumm. Doch ich fühle bereits wie der dunkelste hinterste Fleck meines Gehirns wieder arbeitet, mir zur Flucht rät. Die Polizisten stellen Fragen:

„Gibt es einen Ort, wo du bleiben kannst? Zurück zu deinem Freund wäre nicht zu empfehlen. Er steckt wirklich in Schwierigkeiten. Halt dich von dem besser fern."

Ich kann auf keinen Fall zu meiner Mutter. Auch wenn es bei mir wieder besser läuft, bin ich noch lange nicht bereit dafür. Sie braucht jemanden, auf den sie sich verlassen kann, zur Abwechslung mal. Diese Person bin ich noch lange nicht. Einen Besuch bei Burgi kann ich auch vergessen. Ich würde es mir nicht nochmal verzeihen, diese alte Dame mit meinen Problemen zu belästigen. Mit meinem letzten Besuch bei ihr habe ich diese Brücke verbrannt. Mit einem flüchtigen Rauch wie bei ihrer E-Zigarette mit Cola Geschmack.

Da ist dann noch meine Schwester. Bis auf das Nötigste haben wir keinen Kontakt, eine Nachricht zu Silvester oder Weihnachten ist das höchste an Gefühlen in dieser Beziehung. Sie hat einen Mann und ein Kind – sie hat ein Leben. Um nichts in der Welt würde es mir einfallen, ihr Leben mit meinen Problemen zu belasten. Die Polizisten raten mir etwas, was der dunkelste hinterste Fleck meines Gehirns mir schon die ganze Zeit befiehlt:

„An deiner Stelle würde ich ja direkt die Stadt verlassen. Anscheinend hast du hier niemanden, außer einen Haufen Feinde."

Sie haben nicht ganz unrecht.

Ich kann nicht zu meiner Mutter.

Ich kann nicht zu Burgi.

Ich kann nicht zu meiner Schwester, Veronika

Ich kann nicht zurück zu Silvio.

Ich kann nicht durch die Nase atmen, schätze die ist gebrochen.

Also meistere ich, was ich damals schon in Salzburg angefangen habe. Die Kunst des Verschwindens, mitten in der Nacht.

Auf der Straße, mit gesenktem Kopf und gekränktem Ego, bekam ich dann eine Nachricht von Silvio.

„Es tut mir leid. Muss abhauen. Scheiße gebaut. Werde dich nicht vergessen.“

Ich habe Silvio seitdem nie wieder gesehen.

VERGRAB MICH IRGENDWO ANDERS

Ich verhalte mich still während des Bremstests des Zuges. Wenn die Security dann weg ist bin ich auch endlich allein und hab das Gröbste geschafft. Auch wenn ich in letzter Zeit, für meine bescheidenen Verhältnisse, ganz gut verdient habe: Eine Zugfahrt nach Hamburg möchte ich mir trotzdem nicht leisten. Also atme ich ruhig ein und aus und bin trotzdem außer Atem. Ein Kumpel aus der Schulzeit konnte mir aushelfen und hat mir den Zeitplan für den *Crew Change* verraten. Ein Crew Change ist der Moment, wenn die Fahrer und Mechaniker ihren Schichtwechsel durchziehen. Der Zug steht, ergo der beste und einfachste Zeitpunkt, um illegal an Bord zu gehen. Ich bin nervös, aber irgendwie glücklich.

Ich fühle mich wieder wie 19. Wieder so, als hätte ich Pläne und eine Zukunft.

Die Pläne zumindest habe ich mittlerweile wieder. Ich möchte nach Hamburg und dort Open Mic Auftritte hinlegen. Beim Hafen Fischbrötchen essen und Texte schreiben. Vortragen, vorlesen, glücklich sein. Ich bin mir sicher, ich kann das. Ich werde mich nicht unglücklich und ewig gejagt in Salzburg begraben lassen.

Ab und zu schrecke ich auf und unterbreche meinen lieblosen Halbschlaf, aber ich schätze, ich habe jetzt wohl wirklich das Schlimmste hinter mir. Keine Zug-Security mehr. Als blinder Passagier Richtung Hamburg und ich könnte nicht aufgeregter sein, voll mit freudiger Erwartung auf diese Stadt. Ich fühle mich fast so euphorisch wie damals auf meiner ersten Autofahrt mit dem Ford Mondeo meines Vaters nach Salzburg. Getrieben von dem Wunsch, mich für sie zu bessern, stärker und erfüllt zu ihr zurückzukommen.

„Ich fahre jetzt wirklich nach Salzburg und es wird mir dort gut gehen, lachend in den letzten Sonnenstrahlen dieses Jahres. Ich werde dir wilde Taglilien pflücken und sie immer in der Jacke, bei mir tragen. Bis du mich wieder zurück nimmst, bis ich wieder nach Hause kommen kann."

Zugegeben – diese brennende Euphorie entpuppte sich relativ schnell als präparierter, billiger China-Böller, der mir fast das Gesicht weggesprengt hätte.

Diesmal wird alles anders.

Diesmal wird alles gut.

Diesmal flüchte ich nicht, weil ich mich für jemanden bessern möchte, der mich sowieso nie wieder zurücknehmen will.

Diesmal fahre ich weg, weil ich es möchte. Weil ich für mich entschieden habe, was ich gerade brauche.

O.K. – zugegeben, die Auseinandersetzung mit einer ziemlich gefährlichen Gang, den SBG (S-Budget) Hotboys, die in Drogengeschäften verwickelt waren und meinen ehemaligen Mitbewohner vermutlich kalt machen wollten, mir aber stattdessen die Nase zertrümmerten, war höchstwahrscheinlich auch ein triftiger Grund für einen Tapetenwechsel.

Die kriegen mich jedenfalls nicht. Ich werde mich nicht in Salzburg vergraben lassen, sei es aus Furcht in einer Wohnung oder tatsächlich unter der Erde. Nein – vergrabt mich irgendwo anders. Hamburg. Nach einem Auftritt. Nachdem ich mich mitgeteilt habe. Jetzt werde ich mich beweisen. Vorrangig werde ich mir selbst beweisen, dass ich schneller laufen kann als die Dämonen und Geister in meinem Kopf. Ich will, dass das Haus meiner Ängste ein altes verlassenes Horrorhaus wird, in dem nicht mal mehr die Gespenster großartig Bock haben, zu spuken. Ich will mir beweisen, dass ich wieder gut und gesund werden kann. Ich war nicht immer ein Feigling und ich höre jetzt damit auf, einer zu bleiben. Vergrabt mich irgendwo anders.

Vergrabt mich irgendwo anders.

HAMBURG UND ELIF

Vorher rauchten wir bei den Stiegen beim Fluchtweg aufs Dach. Brandschutz und sowas. Jetzt rauchen wir mittlerweile einfach schon im Wohnzimmer. In diesen alten Plastik-Gartenstühlen, die von den ehemaligen Mietern zurückgelassen wurden. Ein wenig fühle ich mich auch wie ein alter zurückgelassener Plastikstuhl. Doch heute macht es mir nichts mehr aus.

Ich kam nach Hamburg für die coole Kunstszene. Ich dachte zumindest, sie wäre cool. Ich finde sie auch noch immer cool. Aber es ist schwieriger. Früher stand ich extrem auf die melancholischen Texte der Bands aus Hamburg und Umgebung. Die Hamburger Schule. Meine Texte schlagen in diese Kerbe. Und es gibt einen Haufen guter Läden und Bars. Nur diese ganzen Musicals machen mich irre. Irre macht mich auch der Umstand, dass ich nicht bedacht habe, wie unverschämt teuer Hamburg ist und wie unverschämt schwer es ist, als brotloser Ich-mach-jetzt-mal-auf-Künstler-Typ, hier zu überleben. Also hatte ich auf eine Anzeige geantwortet – *„Mitbewohner für eine Bruchbude gesucht, Miete günstig, Mitbewohnerin cool, bitte nur Raucher"*. Die Anzeige kam von Elif.

Ich war direkt verliebt. Zuerst ein bisschen in sie, das verging aber und dann unsterblich in die Wohnung. Ok, weniger in die Wohnung, aber in das Zusammenleben mit ihr.

Elif schlägt sich als Kellnerin durch und übernimmt jede Schicht, die sie kriegen kann. Ich schlage mich durch, indem ich wieder das mache, was in der letzten Zeit gut funktionierte. Nämlich Häuser streichen, die ich mir niemals in meinem Leben leisten werde können. Wir kratzen alles zusammen und kommen über die Runden. Und wir rauchen.

Vorher eben bei den Stiegen beim Notausgang. Jetzt rauchen wir einfach schon im Wohnzimmer auf diesen Gartenstühlen. Die sind dann ziemlich schnell kaputt. Wir sind unsere eigenen Brandschutz-Beauftragten. Und ich lese ihr die Texte vor, aus der Zeit damals, als das Leben deutlich düsterer für mich war.

Ich lese ihr vor über das Ertrinken.

Ich lese ihr vor über Kinder und Väter.

Ich lese ihr vor über das Flüchten und Ford Mondeos.

Ich lese ihr vor über Feuerzeuge mit Gravuren.

Ich lese ihr vor über Raves und Freunde.

Ich lese ihr vor über religiöse Mütter.

Ich lese ihr vor über E-Zigaretten mit Cola-Geschmack.

Ich singe ihr Songs von Bruce Springsteen vor, weil ich singen lernen will. Der letzte Teil funktioniert noch nicht so gut.

Sie versucht mir beizubringen, wie man wirklich Songs auf der Gitarre spielt, mit richtigen Griffen und echten Noten.

Elif hat einen Freund und der Typ ist super. Es hat am Anfang kurz gestochen, aber mich danach wahrscheinlich gerettet. So gab es keine Konflikte. Er ist Barkeeper in so einer Bar. Sie versuchen mir manchmal, abends beim Rauchen, Türkisch beizubringen. Wir essen, was Elif von der Schicht mitbringt.

Beide glauben, es kann etwas aus mir werden und sie kommen zu allen Open Mics. Sie sind bei jedem Auftritt dabei und applaudieren, egal wie schlecht es war und egal wie wenig Leute es verstanden haben und sie verteidigen mich, wenn ich wegen meines Wiener Dialekts angemacht werde.

Meine Mama ruft mich jetzt öfter an. Sie möchte wissen, wie Hamburg so ist und ob ich mal die Queen Mary 2 gesehen habe am Hafen. Sollte sie jemals dort anlegen, soll ich sofort ein Foto machen. Es klingt so, als hätte sie das Schlimmste überstanden und sie denkt noch oft an ihn, aber nicht mehr durchtränkt mit Traurigkeit. Sie erzählt mir auch, dass meine Schwester wieder zurück zu ihr zieht. Ihr Mann ist krank und in Wien gibt es einen Arzt, der ihnen helfen kann. Sie betet für ihn. Ich wünsche ihm das Beste.

Damals rauchten wir bei den Stiegen beim Notausgang, dann direkt im Wohnzimmer im Schneidersitz am Boden. Der Mietvertrag läuft aus und wir dürfen nicht bleiben. Die Kaution sehen wir nie wieder wegen der nötigen Reinigung. Elif wird zu ihrem Freund ziehen und ich ziehe weiter.

Als ich so dringend etwas brauchte, irgendwas Positives brauchte, war da Elif.

Elif war eine Freundin.

MITTEN INS LICHT

Ich bin nicht weit gekommen. Elif hat mir ihre Gitarre geschenkt und ich ihr mein Feuerzeug mit der Gravur. Schlafen kann ich übergangsweise in der Arbeit. Der Chef meint, solange ich morgens aufstehe und Häuser streiche, kann ich auf der Couch im Büro bleiben, für einige Zeit. Ich mache weiter und spiele viel auf Poetry Slams, Open Mic Nights und wie sie alle heißen. Viele auf der Reeperbahn. Mit der Gitarre und manchmal mit Gesang. Manchmal ging das gut, manchmal nicht. Ich mache weiter.

Nach einigen Auftritten fängt meine Gitarre an zu dröhnen und zu brummen. In so einem Laden namens Gitarrenwerkstatt König will ich sie wieder herrichten lassen. Die Dame dort meint, ich müsse aufhören, so hart in die Saiten und an das Brett zu schlagen und ich verspreche ihr, in Zukunft darauf zu achten. Ich verspreche es weniger der Gitarrenwerkstatt-Dame, sondern eher Elif. Ein Typ spricht mich an – er hat mich von einem der Auftritte wiedererkannt. Wir kommen ins Gespräch, wir spielen gemeinsam Gitarre, wir rauchen, wir fertigen Songs. Und ehe ich wirklich darüber nachdenken kann, bin ich in einer Band mit drei anderen, echten Musikern. Sie sind bereit, meine Texte für die Songs zu verwenden – für Drinks an der Bar und das Versprechen zu Orten zu touren, an denen keiner von uns bislang war.

Früher als ich noch klein war, hasste ich diese rebellischen Country-Bands, die mein Vater mir immer näherbringen wollte, weil mir die zu verlogen waren. Ich hatte immer das Gefühl in den Songs wurde zu viel gelogen über das Leben, welches diese Leute lebten. Und alles, was ich wollte, waren direkte, ehrliche Lieder mit wenigen Akkorden. Jetzt laufen diese Bands mit ihren Songs in Dauerschleife im Van, der einem dieser Jungs gehört und wir schreien diese Lieder wie Hymnen auf der Autobahn. Mit der Hoffnung, dass sie uns Glück bringen würden, geblendet von der grellen, glühenden Sonne. Es fühlt sich so an, als würden wir mitten ins Licht rennen, aber nicht dem Ende entgegen, sondern direkt in den Anfang einer guten Sache.

Wir reiten auf den Schultern eines Traumes. Ich singe die Songs sogar im Schlaf und klammere mich an Elifs Gitarre, wenn mal die Selbstzweifel überhandnehmen und drohen, mich zu fressen. Ich klammere mich an Elifs Gitarre, wenn ich wieder übers Weglaufen nachdenke. Ich klammere mich an Elifs Gitarre in jeder Bar, jedem Lokal, jedem Loch, in dem wir spielen dürfen.

Wir waren immer die letzten, die geblieben sind, egal in welcher Location wir auftraten. Und irgendwann wurde das dann unser Bandname – *Die Letzten*.

Jetzt sitzen wir in einem Café und ich beobachte Crema, wie er sich durch den Kaffee kämpft. Letzte Nacht spielten wir in so einer Grill-Bar bei der Autobahn und zum ersten Mal sangen die Leute mit. Nach dem Auftritt haben wir die Autobahnüberführung mit unserem Bandnamen *Die Letzten* vollgesprüht. Für uns war das wie ein Blutpakt, um unsere Verbindung zu stärken, um zu zementieren, was für Landstreicher wir geworden sind. Wir sprühten alles voll, untermalt von der langsam aufkeimenden Sonne.

Jetzt schaue ich mitten ins Licht. Und ich sehe zum ersten Mal seit langer Zeit einen Sinn, eine Zukunft in dem, was ich mache. An diesem Gefühl werde ich mich festbeißen, es umklammern wie Elifs Gitarre und nie mehr loslassen. Nie mehr ertrinken.

Das ist für Elif und meine Schwester Vero.

Das ist für den kranken Mann meiner Schwester.

Das ist für meinen Vater und meine Mama.

Das ist für Robert, der jetzt hoffentlich mit dem Ford Mondeo unterwegs ist und sich an schönere Zeiten zurückerinnert.

Das ist für Thomas und seine Familie.

Das ist für Silvio und Burgi.

Ihr werdet alle irgendwann stolz auf mich sein. Ich werde euch stolz machen.

Ich laufe mitten ins Licht und ich schaue nicht mehr zurück.

DOPPELSTERN

Ich sitze auf den Stiegen mitten in der Nacht in der Hopfenstraße vor dem Honky-Tonk Music Pub und starre auf die große elektronische Plakatwand, die auf der gegenüberliegenden Straßenseite, hoch in der Luft, grell schimmernd und durchtränkt von einem fluoreszierenden Licht, Schatten auf das Pub wirft. Wir haben hier eben noch gespielt und irgendwie fühlt es sich an, als wäre es der letzte Auftritt gewesen.

Ich starre auf diese riesige elektronische Plakatwand und ich weiß noch nicht mal so richtig, was sie genau bewirbt. Irgendwas für die Zähne. Vorhin habe ich mit meiner Mutter telefoniert und jetzt rasen meine Gedanken. Immer wenn ich mit ihr telefoniere, muss ich unweigerlich an Religion und Gott denken. Ich sitze hier auf den Stiegen vor diesem Pub und denke darüber nach, ob Gott eigentlich manchmal anhält und sich die riesigen elektronischen Plakatwände ansieht. Ob er wohl über Zahnhygiene nachdenkt. Ob er wohl darüber nachdenkt, wie unfair dieses Leben sein kann. Wahrscheinlich gibt es ihn gar nicht.

In letzter Zeit denke ich die ganze Zeit an meine Schwester und ihren kranken Mann. Ihren Sohn. Ich wurde verlassen und es hat mich aus der Bahn geworfen, ich bin dermaßen aus dem Rahmen gefallen, dass ich jetzt auf diesem Pfad bin. Ewig weit weg von meiner Familie. Ewig weit weg von den Leuten, die mich brauchen. Ich kann nur mutmaßen, wie es meiner Schwester gehen muss.

Als meine Mutter am Telefon war, wusste ich bereits, was los ist. Ich habe es, ohne darüber nachdenken zu müssen, direkt am Frosch in ihrem Hals gehört. Und ja klar – natürlich komm ich nach Hause. Es wird schmerzen, diese Nachricht dem Rest der Band zu sagen. Es wird schmerzen, einmal seine eigenen Bedürfnisse zurückzustecken, doch ich fühle mich jetzt bereit dazu. Ich fühle mich bereit, zur Abwechslung und Verwunderung aller, einmal nicht wegzulaufen. Ich habe mich so sehr daran gewöhnt, mir selbst ins Knie zu schießen, meinem Fortschritt im Weg zu stehen. So fühlt sich diese Entscheidung diesmal nicht an.

Meine Lage hat sich deutlich verbessert in letzter Zeit. Die Dinge haben langsam begonnen ganz gut für mich auszusehen. Ich habe diese Band und die Jungs haben mich. Realistisch gesehen wissen wir nicht, ob diese Bandnummer eine lange Zukunft hat. Aber es war eine verdammt gute Zeit. Es tat so verdammt gut, wenn auch nur für kurze Zeit, eine Richtung zu haben. Einen Sinn zu haben. Jetzt habe ich wohl einen neuen. Ich wollte mitten ins Licht laufen und eigentlich habe ich es ja auch getan. Jetzt bin ich vielleicht angekommen und bin bereit.

Als wir Kinder waren habe ich dich getröstet, als du zitternd da lagst und so viel Angst hattest vor der Dunkelheit. Jedes deiner Stofftiere sah im Dunkeln, aus der Entfernung, aus wie ein fürchterliches Monster. Ich habe sie alle weggeräumt, wenn du das wolltest. Und du warst immer da, wenn ich Gefahr lief, auseinander zu fallen. Wie eine Näherin, die immer ihr Werkzeug bei der Hand hat. Wie eine Krankenpflegerin, stets besorgt und immer zur Stelle.

Wie eine Schwester.

Als du weggezogen bist, war ich nicht mehr in dem Alter, um dich zu brauchen. Du warst schon viel früher aus diesem Alter raus. Ich war glücklich für dich. Glücklich, weil du glücklich warst. Als dein Sohn geboren wurde war ich ekstatisch. Auch wenn du es nicht gesehen hast. Der Kontakt hat doch gelitten. Doch damals hielten wir uns gegenseitig im Orbit. Wir waren wie ein Doppelstern.

Es wird schwer, dieses Leben aufzugeben, aber ich habe es direkt gewusst, als Mama angerufen hat. Ich habe es direkt an dem Frosch in ihrem Hals erkannt. Dein Mann hat diese Krankheit nicht überstanden. Ich kann nur raten, wie du dich fühlst, aber ich lief das gesamte letzte Jahr wie eine Tragödie auf zwei Beinen herum. Auch wenn ich nicht direkt helfen kann, solange meine Anwesenheit etwas bringt, werde ich da sein. Auch wenn ich vielleicht dir gar nicht helfen kann. Ich werde ihm helfen, deinem Sohn.

Ich werde ihm irgendwie helfen. Zurück in den Orbit und mit festem Halt.

Wie so ein Doppelstern.

WINTERMANTEL

Außerhalb der Kirche sah ich meine Schwester – kettenrauchend. Ich mache so ein Kreuzzeichen mit meinen Fingern, weil das anscheinend so sein muss, und betrete die Kirche. Dieselbe Kirche, wo auch die Beerdigung meines Vaters abgehalten wurde. Ich kann nicht glauben, dass ich schon wieder hier bin. Bei der Beerdigung meines Vaters war ich so durch mit der Welt, dass ich damals meinen Wintermantel auf einer der Kirchenbänke vergessen hatte. So geistesabwesend und so gelähmt vor Traurigkeit. Ich kann mir gar nicht vorstellen, wie er sich fühlen muss. Wie mein Neffe sich fühlen muss, sowas in so einem jungen Alter zu erfahren. Alles, was ich möchte, ist da zu sein.

Ich beginne mich zu fühlen wie mein alter, vergessener Wintermantel.

Ich kann nicht glauben, dass ich schon wieder hier bin.

Ich warte bis alle Trauernden gegangen sind, hole mir Elifs Gitarre aus dem Auto, setze mich auf den Kirchenboden und spiele eine kleine, langsame Hymne. Für meinen Vater und für den verstorbenen Mann meiner Schwester. Für meinen Neffen – für Jakob.

Und genau dieser erhebt sich plötzlich von einer der Kirchenbänke. Ich habe ihn nicht bemerkt und er hat mich fast zu Tode erschreckt. Er ist so groß geworden, dass ich es gar nicht glauben kann, ich habe ihn nicht gesehen, seit er ein Kind war.

In Worte zu fassen, wie es ihm an diesem Tag gehen müsse, fällt mir schwer und ich schätze, ich schaffe es nur auf diese simple Art: Wenn er beginnen würde sich zu fühlen wie ein alter, vergessener Wintermantel auf einer Kirchenbank, dann würde ich es verstehen.

Ich verstehe es.

Er hat das Kinn von seinem Großvater. Ich sehe so viel von ihm allein in Jakobs Gesicht, dass ich mich fast schon fürchte.

„Hey, setz dich doch zu mir. Ich schätze, deine Mama ist momentan ziemlich beschäftigt, oder? Wenn dir dieser Song gefällt, dann kann ich versuchen, ihn dir beizubringen. Leg deine linke Hand hier hin, mit der rechten machst du das. Dann hast du ein B zum E, C und wiederholen. Oh, und hey – das mit deinem Vater tut mir leid. Ich hab dich gesehen während der Messe. Er wäre verdammt stolz auf dich, wenn er gesehen hätte, wie mutig du warst."

Jakob wirkt interessiert, also tu ich so, als wäre ich gut in dem, was ich da gerade versuche. Er hat Talent und ich möchte es ihm beibringen, wenn er möchte. Wenn ich nur ein alter, vergessener Wintermantel bin, vergessen auf einer Kirchenbank, dann kann ich noch irgendwie von Nutzen sein. Wenn dir kalt ist, dann kann ich dir eine Zuflucht sein. Und vielleicht kann ich ja irgendwie in der Nähe bleiben. Nur so – falls du mal jemanden zum Reden brauchst. Falls du Wärme brauchst. Falls du Familie brauchst. Falls du einen Onkel brauchst.

INSTANDHALTUNG

Es wirkt absolut surreal für mich, aber so ist die Situation momentan einfach. Wir sind jetzt alle wieder hier, vereint unter demselben Dach, ich sitze in dem alten Lieblingsstuhl von meinem Vater und spiele mit den ausgefransten Fäden, die von ihm abstehen und hängen. Ich werde in Veronikas altem Zimmer schlafen, in dem Doppelbett. Sie teilt sich mein altes Zimmer mit Jakob, da er dort mehr Platz hat. Mama ist nicht mehr in der körperlichen Verfassung, sich um alles zu kümmern. Sie braucht jetzt wirklich jemanden auf den sie zählen kann.

Also bringe ich Jakob zur Schule, beteuere ihm, dass alles in Ordnung ist. Ich frisiere mir sogar die Haare und suche ein passendes Outfit, damit das Lehrpersonal merkt, dass es ihm gut geht. Dass niemand auf falsche Ideen kommt. Ich habe jetzt für jemanden zu sorgen, zum ersten Mal seit so langer Zeit geht es nicht um mich. Es fällt mir schwer mich daran zu erinnern, wann ich das letzte Mal darauf achten musste, wie ich mich kleide. Ich beginne das Prager Jesuskind und all die anderen Figuren in diesem Haushalt zu tolerieren. Manchmal sogar zu mögen.

Also kehre ich das Laub vor der Einfahrt weg.

Also lege ich den verstopften Abfluss im Badezimmer frei.

Ich möchte jetzt wirklich jemand sein auf den man zählen kann.

Draußen in der Garage, zur musikalischen Untermalung von einem alten Bruce Springsteen Album, versuche ich mich am Ölwechsel von Mamas Auto. Ich habe nicht die geringste Ahnung, geschweige denn einen Funken Interesse an Autos, auch meine lange Abwesenheit und meine langen Reisen haben das nicht geändert. Trotzdem. Sechs Monate wurde das vernachlässigt. Und ich verbringe diese eiskalten Nächte liebend gerne mit ihm da draußen, zitternd und voll mit Freude. Mit dieser alten Taschenlampe, die ich so halte wie mein Vater früher. Jakob scheint es interessant zu finden, also tu ich so, als wäre ich gut in dem, was ich da gerade mache, ziehe den Stöpsel und lass die Flüssigkeit ziehen.

Also suche ich den passenden Ersatzfilter. Also mache ich den Abwasch und versuche mich am Ausmalen, was mir leichter fällt. Ich aktiviere alle verbliebenen Hirnzellen, um Wissen von früher abzurufen, damit ich ihm bei den Hausaufgaben helfen kann. Und ich schätze, ich habe doch mehr von dir gelernt als ich es wusste.

Ich möchte jetzt wirklich jemand sein auf den du dich verlassen kannst.

In den Jahren seit wir dich begraben haben, hat Bruce Springsteen es tatsächlich doch noch geschafft, ein Album zu veröffentlichen. Es ist leider nicht so gut geworden. Vermutlich, weil es mir fehlt, wie du zähneknirschend immer angemerkt hast, dass jedes Album nach *Born in the USA* leider nicht so gut geworden ist. Vermutlich, weil du mir fehlst. In den Jahren als alles passiert ist was eben passiert ist, war ich zu lange da draußen, um nach dem Licht zu suchen, wie eine selbstzerstörerische Motte, die es einfach nicht kapieren will. Ich denke ich weiß nun, wo das Licht ist.

Es ist nicht auf Bühnen in Hamburg, auf die ich schnurstracks zu laufen möchte, um dort Texte vorzutragen aus einer Zeit, wo ich ein furchtbarer Mensch war. Es ist nicht in der Auhofstrasse. Es ist nicht in Salzburg an irgendeiner verblichenen Häuserwand. Es ist nicht am Grund von einem Badeteich. Dieses Licht lebt momentan in meinem alten Zimmer und musiziert an Elifs Gitarre.

Also bereite ich sein Essen für die Pause morgen vor und gehe dann früh ins Bett. Ab jetzt möchte ich gar nicht mehr wissen, wie dunkel die Nacht ist. Ich möchte gar nicht mehr wissen, wie weit es zur nächsten Stadt ist, in der ich noch nicht versucht habe, mich selbst zu heilen oder einen Neuanfang zu starten.

Ich möchte Schnee schaufeln, ich möchte den Zaun reparieren.

Ich möchte jetzt wirklich jemand sein auf den ihr stolz sein könnt.

Dominik Schodl

Der Tod ist real

Der Tod ist real

KAPITEL I

Zement   94

Verantwortung   98

Verstand, Liebe   104

KAPITEL II

Der Tod ist real   117

Graureiher   119

Kratzbeeren   122

Bulldozer   127

Das obere hintere Schlafzimmer   130

Macht   134

Donnerschlag   136

23. Bezirk   138

Echo   140

Pfeil   142

Zwei Raben   145

DER TOD IST REAL

KAPITEL I

ZEMENT

Ich bin hektisch, panisch und taub. Was habe ich da bitte gemacht? Was soll ich jetzt machen? Komm schon - einatmen, ausatmen. Es gibt einen Ausweg. Es gibt immer einen Ausweg.

Warum kann ich nichts hören?

Ich war bislang immer so ein brennendes Symbol für Ideale. Ein Familienvater! Ich war bislang immer so ein scheinendes, strahlendes Beispiel für mein Umfeld. Für meine Tochter! Eine glatt polierte, leuchtende Münze zwischen all den verfärbten, verschwärzten Centstücken.

WAS habe ich da gerade getan?

Ich war der goldene Junge. Das Vorzeigekind, das zum liebenden Ehemann wurde. Der gute, anständige Typ. Schon witzig, wie schnell sowas in Gefahr gerät, wie schnell sowas bröckeln und zerfallen kann.

„Ja - echt witzig" - hauche ich mir selbst entgegen, kontrolliere mein Gesicht im Rückspiegel und verkrampfe die Hände immer fester und stärker am Lenkrad.

Da ist Blut auf meiner Stirn, wahrscheinlich eine Platzwunde. Ich spüre sie nicht weiter, Adrenalin nimmt mir diese Bürde momentan ab. Durchaus besorgniserregender sind meine weit aufgerissenen, angsterfüllten Augen. Wie ein Reh im Scheinwerferlicht. Oh Gott - habe ich diesen Vergleich gerade gebracht? Früher war ich origineller. Und so ein brennendes Symbol für Ideale und so ein goldener Junge und so ein guter Mensch und so ein netter Typ und und und. Und jetzt bin ich auf dem Weg zum nichts. Oh, ach ja - ich kann auch noch immer nichts hören. Da herrscht ein betäubendes Ringen in meinen Ohren. Ich traue mich nicht, den Blick vom Spiegel zu entfernen. Denn vielleicht ist das Szenario, welches sich vor meinem Auto abspielt, bei weitem schlimmer als diese ängstliche, schockierte Fratze.

Was habe ich da gerade getan?

Wenn das rauskommt, bin ich erledigt. Da bin ich mir sicher. Dabei brauchen mich doch so viele Leute, so viele Menschen zählen auf mich. Meine Tochter, meine kranke Frau! Ich kümmere mich um meine Liebsten und die sich um mich. War immer mit einem offenen Ohr und einem guten Rat auf den Lippen für meine Freunde zur Stelle. Das offene Ohr ist jetzt taub und die Lippen sind blau von einer alles zerfressenden Furcht, die sich wie Kälte in mir einnistet. Was werden nur alle von mir denken?

Meine Aktie als Mensch wird sämtlichen Wert verlieren und dieses Schiff mit all seinen Tugenden und positiven Eigenschaften wird untergehen. Und ich bin mein eigener Stein, mein eigener Zementfuß, der mich in die Tiefe zerrt.

Bis jetzt konnte ich immer schlafen. Ohne Reue. Denn ich war doch immer der goldene Junge, der Vorzeigeschüler, einer von den guten

Menschen. Von nun an werde ich mit meinen Sünden am Meeresboden ruhen.

Ich konnte immer beten, als würde Gott wirklich zuhören. Jetzt wird er sich wegdrehen und lediglich müde und genervt lächeln. Ich konnte mein Umfeld und besonders meine Frau immer stolz machen. Jetzt werden sie sich wegdrehen und so tun, als würden sie einen Anruf bekommen, wenn sie mich sehen. Ich war immer der Klebstoff, der meinen Freundeskreis fest zusammen und intakt hielt. Jetzt werden sie nie mehr etwas unternehmen, nie mehr miteinander reden und alle an verschiedene Orte ziehen. Meine Frau und ich wollten doch auch umziehen! Wir wollten aufs Land, in die Nähe der Natur. Das wird nun schwer.

Aber das dröhnende Ringen im Ohr lässt langsam und beständig nach. Ich versuche, all meinen verbliebenen Mut zusammenzunehmen und meinen starren Blick vom Spiegel zu lösen. Doch der Versuch, ihn vorwärtszurichten, scheitert. Ich warte noch, bis mir jemand den Rettungsring zuwirft, bis der Scheinwerfer auf mich zeigt und jemand *„Reingelegt!"*, schreit und mir mitteilt, dass ich nur ein Opfer von irgendwelchen Pranks geworden bin und bald auf einem fürchterlichen, unwitzigen Youtube Kanal landen werde. Auch der zweite Versuch scheiterte. Ich kann das einfach noch nicht und gebe mir deshalb selbst ein paar Sekunden.

Dann keimt die rettende Idee. Ich stelle mir meine Frau vor - lächelnd. Mit gütigen Augen, wie sie nur eine liebende Partnerin haben kann. Mit einem Blick, als würde jedes Problem lösbar sein. Alles halb so wild. Alles halb so schlimm. Ich höre einen Raben krächzen. Nicht ablenken lassen, ich muss mir meine Frau vorstellen, wie sie beruhigend zu mir sagt:

„Immer noch der goldene Junge.

Immer noch das brennende Symbol für Ideale.

Immer noch das Vorzeigekind.

Immer noch der gute, anständige, nette Typ."

Ich pflanze diese guten Gedanken in mein Unterbewusstsein. Es dauert immer, bis etwas wachsen und gedeihen kann. Und so wächst in mir die Courage, endlich den Blick nach vorne zu richten.

Blick vor das Auto.

Und da liegt der regungslose Körper eines Kindes auf der Straße.

VERANTWORTUNG

Es ist jetzt nicht so, als würde ich sofort aussteigen und mich um dieses halt schon eher gravierende Problem kümmern. Mich um diesen Menschen kümmern. Nein, ich bleibe wie angewurzelt sitzen. Die Hände weiterhin am Lenkrad. Verbissen, fest umklammert und trotzdem so dringlich nach Halt suchend.

„Scheiße, oh Gott scheiße. Das ist mein Ende."

Mein Ende. Als ob das jetzt wichtig ist. Vermutlich habe ich ein Kind umgebracht, angefahren, des Lebens beraubt wie ein elender Dieb, der mit der Beute nichts anfangen kann. Aber so ganz genau kann man das ja nicht sagen.

Vielleicht lebt es noch.

Vielleicht braucht es Hilfe.

Vielleicht kann ich ja sogar helfen.

Dazu müsste man halt den Mut entwickeln, dieses Auto zu verlassen und nachzusehen. Man müsste Verantwortung übernehmen für das, was da gerade geschehen ist. Aber das bin momentan nicht ich. Nein, ich verharre lieber in einer sich immer mehr ausbreitenden Schockstarre. Versuche, etwas auszusitzen, was sich nicht aussitzen lässt. Wie eine Figur aus einem Videospiel, die selbst den Pausenknopf am Controller betätigt. In dem Moment zwar da, irgendwie anwesend, aber starr und ohne jegliche Chance, dass die Geschichte weitergehen wird.

Mein Blick fällt auf das Kreuz, welches vom Spiegel vorne runter baumelt. Eine Art "Glücksbringer", der sichere Fahrt garantieren soll. Als ich das Auto gekauft habe, war er schon drin. Die Ironie geht nicht an mir vorbei, nein, sie boxt mir auf die Schulter wie ein größerer, gemeinerer Junge am Schulhof. Aussteigen ist momentan keine Option. Dazu ist mein Körper nicht in der Lage. Ich könnte etwas versuchen, was viele machen in Zeiten von Not:

„Beten.“

Hauche ich mir selbst zu.

Jesus Christus. Mit diesem hübschen, freundlichen Gesicht, obwohl niemand weiß, ob er tatsächlich so aussah. Aber das Christentum braucht wohl auch einen Coverboy, so etwas, was Hulk Hogan damals in den 80ern für Wrestling war. Auf jeden Fall scheint es zu funktionieren, es gibt ja viele Christen. Dann muss da ja was dran sein, oder? Okay - es geht los:

„Hey, Jesus. Der mit dem freundlichen Gesicht, einem Gesicht, welches Probleme lösen kann. Es wäre schön, wenn die mich dafür nicht wegsperren würden, das wäre wirklich ein Wunder, wenn sie es nicht tun würden. Ich habe Angst, dass mein Leben jetzt vorbei ist. Angst, dass alles Gute von nun

an woanders geschieht. Und ich kann wirklich schlecht einschlafen, wenn
niemand neben mir liegt."

Als ob *ich* gerade wirklich wichtig bin. Da liegt der regungslose Körper eines Kindes auf der Straße. Trotzdem denke ich nur an mich und an meine Haut. Ich schiebe es auf die Panik. Eigentlich will ich doch nur weiterleben.

"Ähm, zum Thema Himmel. Wenn man, theoretisch, etwas ganz Schlimmes
gemacht hat, wie stehen die Chancen da reinzukommen? Ich habe nämlich
Angst allein zu sterben. Und sollte ich im Himmel ankommen, dann würde
ich ja niemanden kennen. Vielleicht will man mich auch nicht mehr kennen.
Ich habe etwas Furchtbares getan und ich fühle mich jetzt wirklich hilflos
und allein. Also was genau hast du getan diese 3 Tage, als du tot warst?
Denn ich denke, mein Problem wird länger dauern als das Wochenende.
Eigentlich habe ich keine Angst vor dem Tod, so direkt. Der Tod ist real,
greifbar. Ich habe mehr Angst vor dem, was danach kommt. Kriegt man so
eine Dornenkrone? Schwebt man einfach die Decke hinauf? Falle ich einfach
auseinander? Naja, ich schätze das Licht, das ich früher versprüht habe, hat
nicht genug Strahlkraft, um diese Dunkelheit zu vertreiben. Ich bin
geliefert."

Mein Blick wandert erneut vom baumelnden Kreuz zum kleinen, regungslosen Körper auf der Straße. Das Kind trägt ein Kleid. Ein schönes Kleid, keines, was man jetzt so zum Spielen anziehen würde. Es ist tiefblau und sieht teuer aus. Es hat schulterlange, braune Haare. Irgendwas wurde da ins Haar hinein geflochten. Es sieht schön aus.

„Verdammt, nein, es beginnt", hauche ich mir selbst fast schon röchelnd zu. Da kommen sie - die Tränen. Sie verklären meinen Blick und lassen den kleinen Körper auf der Straße unscharf werden, teilweise ganz verschwimmen. Die Tränen kommen, weil auch die Gedanken kommen. Sie rasen wie damals Michael Schumacher. Im Sekundentakt schießen mir diese Gedanken vor mein inneres Auge. Wie lange habe ich nicht mehr an Michael Schumacher gedacht? Er ist wieder im Gedächtnis, seit der Typ, von dem ich mein Auto gekauft habe, meinte, dass Michael Schumacher mal Werbung für dieses Modell gemacht hat. Aber deshalb kommen jetzt keine Tränen, eher wegen der anderen Gedanken.

Das Kind im Kleid und mit den schulterlangen braunen Haaren war vielleicht auf einer Geburtstagsfeier. Vielleicht auf einer Hochzeit. Es hatte eine schöne Zeit. Es hat mit seinen engsten Leuten Zeit verbracht, gespielt oder gemalt. Dumme, aber lustige Handy-Videos geteilt. Seine Großeltern geküsst, die Verwandtschaft umarmt. Ich beginne eine innere, geistige Bindung zu diesem Kind aufzubauen, es ist mir sympathisch, erinnert mich an meine Tochter. Jetzt liegt es tot auf der Straße und ich bin der Grund dafür. Neben der Sympathie, die ich entwickle, beginnt auch etwas anderes zu keimen.

Mitleid.

Trauer.

SCHULD.

Ich bin schuldig. Es liegt an mir, jetzt wenigstens die Verantwortung dafür zu tragen. Ich habe selbst eine Tochter. Wie würde ich mich fühlen? Ich habe Verantwortung zu tragen. Es ist nun wichtig, sich zu beruhigen. Ich befreie mit Hilfe mentaler Gewalt, meine Hände vom Zittern, um mich anschließend vom Sicherheitsgurt zu lösen. Es klingt lächerlich, aber das war ein Kraftakt. Doch diese Stärke muss ich nun aufbringen, ich muss jetzt Verantwortung zeigen. Ich setze all meine Kraft ein, um meinem Hirn zu befehlen, jetzt meinen Fingern zu befehlen, die Autotür zu öffnen. Dann schießt mir wieder ein Gedanke in den Sinn. Oder eher ein Wort:

Verantwortung.

Verantwortung, Verantwortung - Moment mal. Bin ich eigentlich dafür verantwortlich, dass da einfach mitten auf der Straße ein Kind herumläuft? Wo sind eigentlich die Eltern? Wer haftet denn da jetzt wirklich? Kann ich mich doch noch irgendwie rausreden? Herauswinden wie eine Schlange, nein Schlangen sind irgendwie cool, herauswinden wie ein kleiner erbärmlicher Wurm? Komme ich doch noch irgendwie davon? Bin ich wirklich dafür verantwortlich, was da gerade passiert ist? Bin ich nicht doch eher das Opfer? Mir wurde das doch auch angetan. Mir wurde ein Kind angetan, welches sich vor meinem Auto aufgetan hat. Denkt hier auch irgendjemand an mein Auto? Diesen wunderschönen Ford Mondeo? An den Schaden, den ich nun habe? Reparaturkosten? Niemand denkt daran, niemand wird daran denken und niemand denkt an mich in dieser Sache. Niemand denkt an meine kranke Frau, niemand denkt an meine Tochter!

Ich lasse mich wieder in den Fahrersitz sacken, jedes bisschen Energie, was ich aufbringen konnte, ist wieder weggesaugt. Ich bin feige und ungerecht. Ich bin das Letzte.

Die Tränen verklären meinen Blick weiterhin. Ich wische sie weg und schaue nochmal auf die Straße, schaue vor das Auto. Dort liegt natürlich immer noch der regungslose Körper eines Kindes. Im tiefblauen Kleid. Mit schulterlangen braunen Haaren. Oder? Irgendwas fehlt, das Puzzle ist nicht komplett. Moment mal. MOMENT MAL.

Es muss an mir liegen. Konzentriere dich und schau nochmal genau. Kind - check, tiefblaues Kleid - check, schulterlange braune Haare mit irgendwas hinein geflochten - kein check, nicht da. Das Puzzleteil fehlt. Panik macht sich bereit, meinen Körper zu überfallen.

„Das ist unmöglich. Es hatte schulterlange braune Haare. Beruhige dich. Tränen wegwischen. Nochmal genau hinschauen."

Ich konzentriere mich, zentriere meinen Blick mit aller Kraft, die ich habe, auf das Kind. Und die Haare fehlen. Sie sind weg. Ich weiß nicht, wie viel Farbe mein Gesicht während dieses ganzen Trauerspiels in meinem Auto hatte, aber spätestens jetzt ist es bestimmt kreidebleich. Es fehlen nicht nur die schulterlangen braunen Haare.

Es fehlt der gesamte Kopf.

VERSTAND, LIEBE

Meine Augen spielen mir einen Streich. Vielleicht ist es auch der Verstand. Der Kopf einer Leiche verschwindet nicht einfach so. Ich bin rational genug, um wenigstens das noch zu verstehen. Jemand treibt hier ein furchtbares, schreckliches Spiel mit mir. Ich wusste doch, dass ich nicht schuld sein kann. Mir bleibt jetzt nur die Frage: Werde ich verrückt und leide unter Wahnvorstellungen? Oder spielt man hier mit mir ein böses Spiel? Ich tendiere zu Letzterem. Ich höre erneut diesen Raben krächzen und er durchbricht die eisige Stille, die sich auf den Unfallort gelegt hat.

Ich bin doch immer so ein strahlendes Beispiel gewesen für alles, was GUT ist. Für alles, was richtig läuft. So etwas geht nicht einfach weg. Es wird Zeit, diesem Spuk ein Ende zu setzen. Jetzt wehre ich mich. Ich lasse mein Leben nicht so einfach zerstören. Für meine Frau, für meine Tochter.

Und tatsächlich schöpfe ich endlich wieder Kraft. Mein Blick löst sich von der mittlerweile kopflosen Kinderleiche und wandert wieder zur Autotür. Mit aller Kraft und einem grimmig bestimmten Gesichtsausdruck schaffe ich es, die Tür zu öffnen.

Ich atme tief durch.

„Köpfe verschwinden nicht so einfach. Ich bin im Recht. Ich habe nichts falsch gemacht. Jemand will mich verarschen und wenn ich diese Person finde, dann werde ich das alles aufklären. Ich bin im Recht."

Ich setze einen Fuß auf den Boden, halte inne und atme erneut tief durch. Jetzt geht es um mich, um meine Zukunft, es geht um meine kranke Frau und um meine Tochter. Ich werde gebraucht! Mit absoluter Sicherheit lasse ich mir nicht meine Zukunft rauben. Nicht so. Ich bin unschuldig. Da liegt eine Attrappe auf der Straße, eine Puppe. Nichts davon ist real. Der Tod ist real, aber er war heute nicht hier. Der zweite Fuß folgt und ich steige schließlich aus dem Auto. Die kalte Luft peitscht mir ins Gesicht und mir wird ein bisschen schwindlig. Ich schüttle kräftig und bestimmt den Kopf. Alles wegschütteln, schüttle alles weg - Schwäche, Zweifel, Unsicherheiten, alles muss weg. Es ist hart, ein guter Mensch zu sein. Es ist besonders hart, ein guter Mensch zu sein, wenn man vergisst, zu versuchen, einer zu sein. Ich vergesse nichts mehr. Da kommen wieder die Tränen, aber ich habe keine Zeit dafür, ich schüttle noch kräftiger den Kopf. Keine Träne wird meinen Blick nun verklären. Mein Wille ist der Bogen, mein Körper der Pfeil. Ich drehe mich in Richtung des kopflosen Kindes. Mit tiefblauem Kleid und ehemals schulterlangen, braunen Haaren. Jetzt wird es Zeit, diesen Weg zu gehen. Ich beginne Schritte zu tätigen, langsame Schritte, da mir immer noch ein wenig schwindelig ist. Ich muss das aufklären. Mein Leben zurückholen. Weiterleben, weiterfahren, weitergehen. Für mich, für meine Tochter, für meine Frau.

Aber was ist, wenn ich der Grund bin? Was passiert mit mir, wenn ich Wahnvorstellungen habe? Wird man mir glauben? Werde ich das alles hier glaubwürdig erklären können? Werde ich irgendwann einfach aufwachen und die Straße wird frei sein? Eine freie Straße vor mir, so wie eine unbeschwerte Zukunft, für die ich nicht kämpfen muss. Wann wirft mir endlich jemand ein Rettungsseil zu? Atmen. Vergiss nicht zu atmen. Da krächzt schon wieder dieser dämliche Rabe, als würde er mich anfeuern, endlich weiterzugehen. Mein gefederter Cheerleader. Nun, da ich aus dem Auto raus bin, sehe ich sogar zwei Raben. Sie starren und schreien mich in unregelmäßigen Abständen an. Schnauze ihr zwei! Ab jetzt nur noch mein Tempo!

Ich fokussiere die kopflose Kinderleiche mit meinem Blick und setze meinen Weg unbeirrt, aber langsam fort. Ich halte die Leiche aus mehreren Gründen so fest im Blick. Erstens, weil sie mir Halt gibt. Ein klares Ziel. Zweitens, weil ich es nicht verpassen will, wenn wieder irgendein Körperteil verschwindet. Wenn der Scharlatan erscheint, der hier dieses böse Spiel mit mir spielt. Ich werde vorbereitet sein. Nichts entgeht mir mehr. Es geht hier schließlich um mich. Nur um mich. Scheiß auf dieses leblose Kind. Das ist alles eine Verschwörung gegen mich. Und ich werde sie auffliegen lassen. Mit mir kann man das nicht machen. Für meine kranke Frau, für meine Tochter! Für mich!

So gehe ich weiterhin Schritt für Schritt in Richtung der Leiche. Mit jedem Schritt passiert etwas. Ich kann es nicht wirklich beschreiben. Jeder Schritt ändert die Luft, die Stimmung, die Atmosphäre. Mit einem Schritt ist es totenstill, windstill und kein Vogel der Welt wagt es, einen Ton von sich zu geben. Keine krächzenden zwei Raben. Beim nächsten Schritt fühle ich mich, als wäre ich unter Wasser, würde ertrinken und um Hilfe ringen. Beim nächsten Schritt wird die Luft kalt und alles fühlt sich nebelig an, als wäre dieser Ort versunken oder in einem Kellergewölbe. Das wäre alles eigentlich ganz OK oder verkraftbar, ich habe ja akzeptiert, dass mein Weg beschwerlich wird. Doch bei dem Anblick vor mir schlagen meine Augen voller Schrecken und Furcht auf.

Nicht nur die Luft, die Atmosphäre und die Stimmung ändern sich - da passiert auch etwas mit der Leiche. Der Torso richtet sich auf, legt sich wieder. Die Arme fetzen gefüllt mit unbändiger Gewalt herum, wirbeln fast schon. Die zwei Raben kreisen über der Leiche und schreien mit aller Kraft.

„Ich wusste es. Entweder werde ich verrückt oder jemand will mich fertigmachen. Ich habe kein Kind getötet. Ich habe kein Kind getötet. Ich habe kein Kind getötet."

ICH BIN NICHT **SCHULD**.

Ich setze meinen Weg fort. Fasziniert von dem Horror, der sich mir darstellt, tätige ich Schritt für Schritt. Die kopflose Leiche vor mir steht nun. Sie steht aufrecht vor mir und wartet auf mich. Sie kann es mir zwar nicht sagen, schließlich fehlt ihr ja der Kopf, aber ich weiß es genau. Sie steht da voller Erwartung. Will sie eine Entschuldigung? Will sie selbst, dass ich diesen Spuk beende? Will sie mich bestrafen? Wenn ich sie berühre, endet es. Das weiß ich. Das ist mein Ziel. Die Leiche berühren.

Sie steht da wie angewurzelt in ihrem tiefblauen Kleid. Als wäre sie zementiert, als stünde sie in Betonschuhen vor mir. Die Metapher mit den Wurzeln ist übrigens keine. Unter ihrem Kleid aus ihren Füssen entspringen Wurzeln. Verankern das Kind in den Boden. Sie wird größer, beginnt sich zu verändern, zu wachsen. Ihre Arme werden zu Ästen und diese Äste bekommen Blüten. Das tiefblaue Kleid wird ein Stamm. Sie wird so groß, viel größer als ich. Sie ragt über mir und plötzlich wird aus einem toten Kind ohne Kopf ein gewaltiger, imposanter Baum.

Das ist kein Streich, kein gehässiger Versuch, meine Zukunft zu zerstören. Ich bin verrückt geworden. Ich muss es sein. Wie kommt es sonst, dass ich erleichtert bin? Ich bin erleichtert, diesen großen, schönen Baum vor mir zu sehen und keine Kinderleiche. Ich sacke vor dem Baum zusammen.

„Ich habe kein Kind getötet. Ich habe nur den Verstand verloren. Ich habe kein Kind getötet. Ich habe nur den Verstand verloren."

Nun blicke ich zwar mit Erleichterung, aber auch ein wenig Neugier am Boden kauernd hinauf zu dem Baum. Er hat tiefblaue Blüten an den Ästen, wuchtige Blätter und einen imposanten, unzerstörbar wirkenden Stamm. Die zwei Raben kreisen umher und rufen freudig erregt. Sie haben gewonnen, haben es geschafft. Ich bin am Ziel angekommen. Sie waren meine Wegweiser.

Ich bin so froh, nur den Verstand verloren zu haben. Da verwandelt sich eine Kinderleiche ohne Kopf in einen großen Baum. Wenn ich das im Freundeskreis erzähle, haben wir einiges zu lachen. Und vermutlich zu besprechen, aber für den Moment reicht mir Lachen. Und das mache ich jetzt - ich beginne laut zu lachen. Mein schallendes Gelächter erfüllt die trostlose Szenerie, weht durch die Blätter des Baumes vor mir. Nur die zwei Raben stimmen in mein Gelächter ein.

„Mein Liebes! Endlich seid ihr angekommen. Wir sind endlich zusammen! Ich bin so froh dich kennenlernen zu dürfen! Ich habe dich immer beobachtet, war immer bei dir. Ich bin so stolz auf dich, war die ganze Zeit so stolz auf dich. Es tut mir so leid, dich verlassen zu haben. Es war nicht meine Wahl.

Es war eine Krankheit. Doch das tut nichts mehr zur Sache. Ihr seid jetzt hier. Du bist jetzt hier."

Mein Blut gefriert. Da ertönt eine Frauenstimme, erklingt hinter dem Baum. Ich erstarre, nicht mal meine Gedanken rasen. Ich bin versteinert, angewurzelt wie dieser Baum vor mir. Was hat das zu bedeuten? Ist das die Person, die für alles verantwortlich ist? Die Frau hinter dem Baum spricht voller Liebe. Das merkt man. Durch ihre Stimme und ihre Worte keine wohlig warme Liebe zu empfinden, ist fast unmöglich. Doch so bleibt es nicht. Ihre Stimmlage ändert sich abrupt in etwas hässlicheres, hasserfüllteres und bitteres.

„Mir war kein langes Leben vergönnt, ich musste krank werden. Dahinsiechen wie ein Vieh, abnormal verunstaltet nach vielen Monaten Kampf gegen eine Krankheit! Und er ist nie von selbst auf die Idee gekommen, hierher zu kommen! Zu dem Ort, an dem wir leben wollten. Wir hatten es uns GESCHWOREN."

Das letzte Wort wurde in einer unmenschlichen Lautstärke geschrien, die mich hätte wahnsinnig machen können, wenn ich es nicht offensichtlich bereits wäre. Die zwei Raben kreisen direkt über mir. Schweben über mir, wie Äxte, wie meine Richter, meine Henker. Die Frau spricht von mir. Ich frage mich, ob sie weiß, dass ich hier bin. Hier vor dem Baum. In Hörweite. Nah bei ihr. Ich glaube, ich kenne diese Frau. Woher kenne ich diese Frau? Ihre Stimmlage ändert sich nun wieder, ähnlich wie die gesamte Atmosphäre vor dem Baum. Die Stimme schwankt zwischen Liebe und Hass wie Wellen im Wasser.

„Aber jetzt seid ihr da. Vielleicht hatte er gute Gründe, nicht hierher zu kommen. Hier, zu den Beeren, zu dem Baum, zu der Asche. Ich war ja nicht da. Ich kann es nicht wirklich wissen. Aber du mein kleiner Schatz: dich habe ich immer beobachtet. Deine Freundlichkeit, Fröhlichkeit, deine Liebe. Wie klug du bist. So ein liebes, kluges Kind. Du explodierst vor Licht, du kleiner Leuchtkäfer. Du kleine Seele, so leicht zu zerreißen wie Papier. Das Leben ist oft unfair, die Welt lehnt sich meistens zurück und teilt aus und teilt aus und teilt aus. Niemals wird das deutlicher als bei dem Tod eines Kindes. Manchmal ist das Gift, das die Menschen versprühen, zu viel und es spült die Menschen aus dem Leben, die das Leben aber am meisten verdienen. Du kleiner Satellit. Irgendwo da draußen im Kosmos. Mein kleines, liebes Mädchen, meine große Überraschung. So kurz warst du hier, noch kürzer als ich. Aber so viel hast du mir gegeben. Und ich bin glücklich. Ich bin glücklich, da ich jetzt endlich deine Mutter sein kann."

Das darf doch alles nicht wahr sein. Ich muss absolut übergeschnappt sein. Ihre Stimme kommt näher. Bald wird sie vor dem Blick schützendem Baum hervortreten und mich sehen. Ich spüre das. Ihre Stimme kommt immer näher:

„Unser Signal wurde unterbrochen. Die Frequenz meines Babys war nicht stark genug. Doch jetzt spüre ich dich wieder."

Die Frau bewegt sich nun schrittweise in mein Sichtfeld. Auch sie trägt ein Kleid, diese Frau ist wunderschön zurechtgemacht. Es ist die Art von Outfit, das man nicht nur kaufen kann, nein, man muss auch Zeit investieren. Die Art von Outfit für einen besonderen Anlass. Die Art von Outfit, die meine kranke Frau damals getragen hat, als sie noch nicht krank war. Mein Herz stürzt ab wie ein toter Vogel.

Vor mir steht meine Frau.

*Meine an **Krebs** erkrankte Frau.*

*Meine an Krebs **verstorbene** Frau.*

Ich erinnere mich wieder an alles. Sie sieht mich nun an und lächelt müde. Es wirkt fast so, als wäre ich ihrer Aufmerksamkeit nicht würdig. In ihren Armen hält sie den vermissten Kopf des Kindes. Ich erkenne die schulterlangen, braunen Haare, kann nun das Gesicht sehen und erkenne es. Es ist meine Tochter. Ich habe meiner toten Frau meine Tochter gebracht. Und sie spricht nicht zu mir, sondern zu dem abgetrennten Kopf unserer Tochter. Ich sinke zu Boden, Terror umklammert mich und ich möchte an Ort und Stelle sterben. Was habe ich da gerade getan?

Vielleicht bin ich doch nicht verrückt.

Vielleicht bin ich einfach ein Mörder.

Ich versuche, Worte an meine verstorbene Frau zu richten, doch ich glaube, sie hört mich nicht. Sie wirkt zu beschäftigt mit dem Kopf unserer Tochter. Ich bin Ihrer Zeit nicht würdig. Ich habe das gemacht, was ich machen sollte. Ich war ihr Werkzeug. Ich habe ihr unsere Tochter hierhergebracht und nun erkenne ich auch den Ort. Hier wollten wir hin. Sie wollte immer alles haben. Jetzt hat sie es, dank mir. Und ihr Blick weicht dem Kopf in ihren Händen keinen Zentimeter.

„Es gibt eines, was du unbedingt wissen musst. Ich werde dich über alles lieben. Für die Ewigkeit."

111

Ich muss irgendwas machen. Irgendwie zu meiner Frau durchdringen. Ihr erklären, dass ich gerade unsere Tochter getötet habe, weil sie mich hierhergelockt hat. Ich bin nicht schuld, ich wurde reingelegt, hergelockt. Ich bin der Gute. Das Vorzeigekind. Diese zwei Raben, mein Gefühl war von Anfang an richtig. In mir beginnt eine unendliche Wut aufzuflammen. Ich muss zu ihr durchdringen. Nach mehreren klanglosen Versuchen gelingt es mir endlich, Töne hervorzubringen, Sätze zu bilden.

„Wegen dir ist unsere Tochter tot! Warum hast du mich hierhergelockt?

Was habe ich da gerade getan?"

Mehr schaffe ich nicht zu sagen. Immer nur endlose Wiederholungen dieser drei Sätze. Meine tote Frau hört mich sowieso nicht an. Sie hört mir nicht zu. Sie wiederholt nur ihre eigenen Sätze, murmelt sie wie eine Verrückte, total übergeschnappt dem Kopf entgegen.

„Es gibt eines, was du unbedingt wissen musst. Ich werde dich über alles lieben. Für die Ewigkeit."

„Es gibt eines, was du unbedingt wissen musst. Ich werde dich über alles lieben. Für die Ewigkeit."

„Es gibt eines, was du unbedingt wissen musst. Ich werde dich über alles lieben. Für die Ewigkeit."

Verzweiflung ergreift mich. Sie muss mich hören und mich verstehen. Sie muss verstehen, was sie angerichtet hat. Ich stimme in ihre Wiederholungen ein, mit meinen eigenen, bis unsere gemeinsamen

Sätze alles ausfüllen. Sie füllen die Luft aus, die Stimmung, die Atmosphäre. Sie nehmen alles ein. Ich richte meine wutentbrannten Sätze an meine tote Frau und sie richtet ihre liebevollen Sätze an den Kopf unserer Tochter.

„Wegen dir ist unsere Tochter tot! Was habe ich da gerade getan?"

„Es gibt eines, was du unbedingt wissen musst. Ich werde dich über alles lieben. Für die Ewigkeit."

„Wegen dir ist unsere Tochter tot! Was habe ich da gerade getan?"

„Es gibt eines, was du unbedingt wissen musst. Ich werde dich über alles lieben. Für die Ewigkeit."

„Wegen dir ist unsere Tochter tot! Was habe ich da gerade getan?"

„Es gibt eines, was du unbedingt wissen musst. Ich werde dich über alles lieben. Für die Ewigkeit."

Es kommt mir auch wie eine Ewigkeit vor. Dieses Spiel geht eine quälende, leidvolle Ewigkeit. Meine tote Frau hört meine wütenden Sätze nicht und der Kopf unserer Tochter spürt ihre ausufernde Liebe nicht. Wir sind beide gefangen. Ich schließe die Augen, genieße das Schwarze und wiederhole meine Sätze unermüdlich. Meine tote Frau ebenso.

„Wegen dir ist unsere Tochter tot! Was habe ich da gerade getan?"

„Es gibt eines, was du unbedingt wissen musst. Ich werde dich über alles lieben. Für die Ewigkeit."

Eine ganze verdammte Ewigkeit.

Bis dann plötzlich dröhnende Stille eintritt. Keine Raben, keine tote Frau, die mit einem Kopf redet. Nur eine alles verschlingende Stille. Ich öffne die Augen und bin nach wie vor am Unfallort. Doch nun ist einiges verändert. Der Ford Mondeo ist vor mir, direkt in einen Baum geknallt. Totalschaden. Das Kreuz beim Rückspiegel hat nicht geholfen. Hier ist eine Tragödie passiert und mein Hirn arbeitet zu langsam. Ich muss meinen Part in diesem Unfall noch einordnen, aber mit jeder Sekunde, die verstreicht, komme ich immer mehr zu Verstand. Ich erinnere mich an alles und ich weiß mittlerweile, was passiert ist. Fast schon unterkühlt und stoisch nähere ich mich dem Wagen und schaue auf die Rückbank. Dort sitzt meine Tochter, angeschnallt, ohne Kopf. Der Gurt muss sie beim Aufprall gegen den Baum geköpft haben. Es ist der Baum, an dem ich die Asche meiner an Krebs verstorbenen Frau verstreut habe. Dort wo wir leben wollten. Die Donau Auen. Es war ihr lebenslanger Traum. Nun hat sie die Dinge selbst in die Hand genommen, doch sie wollte nur unsere Tochter. Vielleicht habe ich sie enttäuscht. Ich bin nach wie vor am Leben. Bin kein brennendes Symbol für Ideale. Kein goldener Junge. Kein guter, anständiger Typ.

Ich bin ein Mörder.

So hätte unser Leben nicht enden sollen. Gefühllos zwänge ich mich in das Wrack des Ford Mondeo auf die Rückbank, zu meiner Tochter. Fahrlässig. Ich hätte sie beschützen sollen. Ich blicke mich nochmal um, betrachte das zerstörte Innenleben des Ford Mondeo. Als der Mann namens Robert mir diesen Gebrauchtwagen verkauft hat, meinte er, der Wagen hätte ihm kein Glück gebracht, egal was Michael Schumacher behauptete.

Ich verstehe ihn nun.

Ich sacke zusammen und umarme den leblosen Torso meiner geköpften Tochter, schließe die Augen und alles ist schwarz.

Der Tod ist real.

KAPITEL II

DER TOD IST REAL

Der Tod ist real,

jemand ist da und dann nicht.

Und dieser reale Tod existiert nicht, um besungen zu werden. Er ist nicht zum Kunstschaffen gedacht. Wenn der echte reale Tod dein Haus betritt, wirkt jede Poesie irgendwie peinlich. Jeder weinerliche Emo-Rocksong, jede herzzerreißende Zeile des noch so schönen Gedichtes. Jede Fürbitte, jedes Gemälde, alles. Alles verblasst im Vergleich. Alles wirkt lächerlich, ganz unbedeutend klein. Kunst ist schön und auch wichtig, heilend. Kunst löst Dinge aus und bewirkt etwas. Aber Kunst wirkt nicht stark genug, um den echten Tod zu erreichen.

Machen wir uns nichts vor.

Wenn der wirkliche reale Tod dich berührt, dann bleibt ein Stück von ihm in dir. Er betritt dich und lässt etwas zurück, eine Schwere, irgendetwas, was man nie mehr hergeben kann, etwas Effektives, etwas, das richtig wirkt und funktioniert. Etwas, das für immer nachhallt.

Wenn ich den Raum betrete, in dem du warst und dich nicht sehe, stattdessen in die Leere schaue, versagt alles.

Meine Knie.

Mein Gehirn.

Meine Worte.

Kein Hall, kein Echo.

Mein Blick ist starr und verklärt wegen der Tränen und irgendwie sind meine Augen verkrustet. Katatonisch und roh gehe ich die Treppe hinunter und dann nach draußen zum Postkasten und du bekommst immer noch Post. Eine Woche nach deinem Tod kam ein Paket, adressiert an dich, an.

Drin war ein Geschenk für unsere Tochter, welches du heimlich bestellt hattest. Ich brach dort auf der Treppe zusammen und weinte. Es war ein Rucksack für die Schule, die sie in ein paar Jahren besuchen wird. Du hattest an eine Zukunft gedacht, von der du wusstest, dass sie dich nicht einschließen würde, obwohl du dich so fest an die Klippe der Hoffnung geklammert hast. Obwohl du immer alles geschluckt hast, was man dir sagte. Obwohl du abgerutscht bist und von einer bodenlosen Stille verschluckt wurdest. Obwohl der reale Tod dich berührt hat.

Dieser Text ist bescheuert, er ist peinlich und ich will nichts von dem Ganzen hier lernen.

Ich liebe dich.

GRAUREIHER

Es ist der 20. Juli 2016.

Unsere Tochter ist eineinhalb Jahre alt.

Du bist seit elf Tagen tot.

Ich steige in unser Auto und erreiche den Ort, an dem wir drei unser Haus hätten bauen wollen, würdest du noch leben. Wir wollten selbstversorgend leben. Weit genug weg von der Zivilisation, um ihre Nachteile zu vermeiden, aber nah genug dran, um ihre Vorteile zu genießen. Wir wollten Aussteiger sein. Aber nur so weit aussteigen, um ganz leicht wieder einsteigen zu können. Wir wollten hier zu dritt leben, aber du bist gestorben. Also bin nur ich hierhergekommen, allein mit unserem Kind und dem Staub deiner Knochen. Sind es deine Knochen? Sagt man dann Gebeine? Ich weiß es nicht. Für mich bist das Du und kein Staub. Keine Gebeine, wie so ein Skelett aus einem Erste-Hilfe-Kurs.

Ich kann mich nicht mehr erinnern, sag mir bitte: Wie fandest du Graureiher? Hier sind nämlich jede Menge davon. Sie stolzieren herum und sehen eigentlich ganz elegant aus. Ich glaube, du mochtest sie. Haben diese Vögel vielleicht irgendeine Bedeutung? Kann ich hier irgendwas Tröstliches finden? Etwas zum Festklammern? Bist du eine dieser Graureiher? Ist es ein Zeichen, dass jetzt in diesem Moment so viele von ihnen da sind? Oder waren sie nur hungrig nach Fischen, hier in der Mitte ihrer Wanderung, machen Rast? Bist du wirklich nur Staub? *Gebeine*? Für mich bist du einer dieser Graureiher. Wenn auch nur kurz. Ich weiß ja nicht wirklich, ob du sie mochtest, und ich will dich nicht beleidigen. Will nicht, dass du nochmal gehst. Ich werde ich wieder pragmatisch, du bist dieser Staub hier.

Was ist mit Kratzbeeren? Ist das eine Beere, die OK ist? Ich kann mich nicht erinnern, du hast das meistens für mich getan. Du warst mein Backup-Gehirn, meine externe Festplatte. Jetzt stehe ich ohne Halt, verwirrt und komisch vor dem Wasser, umringt von wilden Kratzbeeren, am Ufer wachsen Schwanenblumen und die Graureiher besorgen sich Fische. Und ich stehe hier, frage mich, ob du da bist, oder ob eine Beere etwas bedeuten kann. Wie funktioniert das mit Zeichen? Wie funktioniert Spiritualität? Nennt man das schon Übernatürliches? Zwei Raben? Oder ist das religiös? Ich habe keine Ahnung von solchen Dingen, ich hatte ja immer dich. Bist du eine der Kratzbeeren, wenn ich es nur stark genug will? Bist du eine Schwanenblume? Ein Graureiher? Willst du überhaupt ein Vogel sein? Oder bist du dieser Staub hier? Knochen, Gebeine. Wo ist der Unterschied? Wo ist die Bedeutung? Kann eigentlich irgendwas etwas bedeuten in dieser erdrückenden Absurdität? Ich gehe weiter zu einem Baum, bleibe stehen und halte inne. Mit Blick nach Westen und Norden beginne ich deine Asche zu verstreuen. Deine ehemaligen Knochen, deine Gebeine, was von dir übrig ist, was man mir mitgegeben hat, was ich noch physisch von dir berühren kann. Was angeblich du bist.

Staub.

Nein, du.

Ich denke, ich habe dich hier verstreut, es in dieser Art getan, damit du den Sonnenuntergang sehen kannst. Damit dieser Baum dir Schutz geben kann, für alles, was noch kommt. Aber die Wahrheit ist, ich glaube nicht, dass du dieser Staub bist.

Du bist dieser Baum.

Du bist der Sonnenuntergang.

KRATZBEEREN

Ich erinnere mich noch daran, als ich draußen im Garten war und gerade damit fertig wurde, Holz zu zerkleinern. Ich blickte hinauf zum zarten Halbmond und sah ein kühles, rosa Raffineriewolkenlicht - wir waren in Wien, dem 23. Bezirk Liesing, einem Außenbezirk der Hauptstadt. Zwei große schwarze Vögel flogen vorbei, ihre Flügel schlugen zischend mit tiefen, bedeutsamen Schwüngen. Es waren zwei Raben, aber wirklich nur zwei. Das hatte etwas zu bedeuten. Sowas passiert nicht einfach so, oder?

Ich befürchtete, dass diese Vögel Omen waren, aber ich war mir nicht sicher, wofür. Ich wollte kein Pessimist sein, ich hasste sowas. Sie flogen in Richtung des Ortes, in dem wir bald leben sollten, zumindest hofften wir das. Sie flogen Richtung Westen. Ich war mir so sicher, dass sie dort hinflogen. Aber leider kannte ich ihre Absichten nicht. Während ich draußen war und über zwei Raben nachdachte, war sie drinnen, hatte wahrscheinlich Schmerzen und wollte nicht sterben. Ihr Körper verwandelte sich. Es klingt so blöd, als wäre sie ein Transformer oder sowas, aber ich finde leider wirklich kein anderes Wort. Sie kämpfte im Haus, in unserem oberen hinteren Schlafzimmer, ihren Überlebenskampf, klammerte sich an allen fest, was sie kannte und ich stand da wie ein Idiot und beobachtete Vögel. Zwei Raben. Ich bin ein Idiot.

Verwandeln.

Eigentlich ist das so ein schönes Wort.

Ich konnte es nicht ertragen, sie immer so anzusehen, also "wandelte" mein Kopf nach Westen, wie ihr früher Tod. Wie diese zwei Raben. Ich habe immer so empfunden: Wegsehen ist etwas Schlechtes. Man macht sich dann zum Mittäter. So fühlte ich mich auch in dieser Situation. Wenn ich könnte, würde ich mich dafür heute bei ihr entschuldigen. Ich wollte nicht wegsehen, wollte nicht wegfliegen wie diese zwei Raben. Heute würde ich es anders machen. Heute.

Heute, im Hier und Jetzt kann ich ihr diese Entschuldigung nur noch auf Bildern, die am Kühlschrank hängen, sagen. Kann sie nur noch auf dem Kühlschrank in leblosen Bildern sehen. Und in jedem Traum, den ich nachts habe, und in jedem Raum, den ich betrete.

Wie hier auf diesem Kühlschrank-Bild, wo ich im Oktober 2013 neben ihr saß und ihr noch in ihre Augen sehen konnte. Ihre Augen - voller Lebenslust, voller Liebe. Wenn ich sie jetzt mit diesem Abstand auf dem Kühlschrank sehe, dann glaube ich, sie ruft mich mit diesem Blick von einem anderen Ort zu sich. Ruft mich zu sich, weil wir getrennt sind, weil sie nicht hier ist. Wenn ich könnte, würde ich ihrem Ruf folgen.

„Ich habe dich in diesem Zimmer sterben sehen, dann habe ich deine Kleider weggegeben.", sage ich zu den Augen am Kühlschrank-Bild. Das ist die harte Wahrheit. *„Es tut mir leid, sie gehörten ja nicht mir, aber ich musste es tun und jetzt werde ich dorthin ziehen, wo wir sein wollten. Wie es hätte sein sollen."*

Ich werde mit unserer Tochter umziehen.

Wir werden zum Wasser fahren.

Mit ihrem Geist im Auto.

Vielleicht ist sie dieses Kreuz am Rückspiegel.

Graureiher überall!

Was sie einst war, sind jetzt verbrannte Knochen.

Und ich kann das hier nicht Zuhause nennen.

Ich renne, die Trauer schlägt mich zusammen.

Das dritte Mal, als ich zu den Donau Auen reiste, waren wieder nur unsere Tochter und ich dabei. Ich bin diesen zwei Raben gefolgt, egal was für Omen sie auch waren. Es war ein Monat nach ihrem Tod, mein Gesicht war immer noch verzerrt wie eine Fratze. Es war im permanenten Konflikt mit Tränen, Muskelspannungen und dem Versuch, für unsere Tochter stark zu sein. Ich marschierte auf und ab, die Stiefel innen nass, ziellos und weinend. Aber ich musste an den Ort zurückkehren, an dem Sie und ich entschieden hatten, auch ohne Kinder leben zu wollen. Auch ohne Kinder hatten wir hier eine Zukunft. Ich mochte das. Diese Beständigkeit, diese Sicherheit, das unbeschreiblich gute Gefühl, einen kugelsicheren Plan zu haben. Das war so befreiend, dass ich mir kurz sogar wünschte, hier kinderlos mit ihr zu leben. Als wir wieder zurück nach Hause kamen, Wien 23. Bezirk, wurde sie kurz darauf schwanger.

Danach war unser gemeinsames Leben nicht mehr sonderlich lang. Sie bekam Krebs und wurde getötet. Ich muss weiterleben. Zu dieser Zeit dachte ich oft über Dinge nach, die ich ihr sagen würde, wenn sie zurückkommt, von wo auch immer sie hingegangen ist. Aber dann erinnerte ich mich daran, dass der Tod real ist.

Es ist der 12. August 2016, ich bin noch immer hier in den Donau Auen. Meine Frau ist seit einem Monat und drei Tagen tot. Meine Tochter und ich schlafen im Wald. Es sind noch kleine Äste in den Decken von dem Baum, wo wir dich aus dem Gefäß befreit haben.

Knochen, Staub.

Als wir aufwachen, sind alle Klamotten, die ich draußen gelassen habe, kalt und feucht. Die Nachtluft hat alles mit einer eisigen Kälte durchdrungen. Ich habe das Gefühl, als würde der Boden sich öffnen. Ich bin eindeutig nicht gut vorbereitet hergekommen - mit meiner kleinen Tochter. Ich bin ein fahrlässiger Idiot. Der Boden öffnet sich.

Er öffnet sich, wir sind umgeben von Wachstum, Saat, Fruchtbarkeit. Stämme, die durchzogen sind von Moosschichten und Leben. Junge Bäume, das stille Treiben des Wassers, das Rascheln der Blätter. Kratzbeeren wuchern und ich weiß, wie sie heißen, weil sie es mir gesagt hat. Kratzbeeren sind wie Brombeeren und es gibt hier gottgleiche Schwanenblumen. Ich erinnere mich wieder. Sie mochte Schwanenblumen. Der Boden absorbiert und erneuert alles, alles, was fällt, nichts stirbt hier wirklich. Hier habe ich sie verstreut. Vielleicht bringt es etwas. Ein Zeichen, wie diese Raben. Hierher bin ich gekommen, um zu trauern, um ohne sie im Wasser zu tauchen, um mit ihrer Abwesenheit zu ringen, sie vielleicht sogar zu besiegen, aber ich pflücke immer wieder nur Schwanenblumen für sie. Weil ich immer noch irgendwie glaube, dass sie wiederkommt. Als Rabe, als Graureiher, als Stamm, als stilles Wasser. Als sie selbst. Es wird nicht passieren. Der Tod ist real und ich bin kein Idiot.

Aber vielleicht bist du eine Kratzbeere.

Nein, bist du nicht. Wir waren hier lange genug, also unsere Tochter und ich. Es wird nichts passieren. Dieser Ort hätte schön sein können, eigentlich ist er ja sogar schön. Aber für uns gibt es an diesem Ort nichts mehr. Es war schon fahrlässig hier tagelang in nassen Kleidern mit einem Kind zu übernachten. Da gibt es keine Zeichen, keine Raben, die mich zu irgendwas führen. Das hier ist kein Zuhause mehr, das hier ist ein Grab. Ihr Grab, direkt bei diesem Baum. Und alles, was ich mir wünsche, ist nicht real. Also fahren wir zurück nach Wien.

Am Weg zurück pflücke ich wieder Schwanenblumen. Nur um sicher zu gehen.

BULLDOZER

Wien, 23. Bezirk. Keine Graureiher, keine Kratzbeeren. Nur Raffineriewolkenlichter und LKWs. Das Jahr geht ohne dich weiter, es wird Herbst, ohne dich. Ich musste irgendwann die Fenster und Türen schließen, du hast dich nicht in der Nacht hineingeschlichen. Bist nicht mit dem Wind herein geweht wie Straßenstaub. Ich hielt das Fenster offen, solange ich konnte, aber irgendwann wurde unserer Tochter kalt. Schon wieder so eine Fahrlässigkeit. Ich musste zusehen, wie der Kalender seine Blätter durchmäht, wie ein Bulldozer.

Der ganze Sommer war eine durchgängige, langanhaltende Hitzewelle. Ich erinnere mich an August, an das offene Fenster des oberen hinteren Schlafzimmers und wie ich mit dem Ventilator bewaffnet zur Kühlung deine alten Sachen durchging. Die Hitze in der Stadt war unerträglich, besonders mit den ganzen Betonbauten. Es war deutlich anders als das Leben, wie wir es uns am Wasser vorgestellt hatten. Es ist nun ganz anders als das, was wir wollten. Es war unendlich heiß, doch an anderen Orten war es noch heißer. Es gab Brände, welche Wohnungen und Häuser zerstörten. Oft dachte ich mich an so einen Ort. Dachte daran, wie es wohl wäre, an einem solchen Ort zu leben. Wo Menschen Brände bekämpfen, das permanente Geräusch von Hubschraubern und der beißende Geruch von Rauch. Ich stellte mir Waldbrände vor. Manche Experten nannten es eine natürlich reinigende Verwüstung. Eine, die im Unterholz fackelt, die Spuren verwischt und kein Ende findet. Vielleicht hätte es in den Donau Auen auch so brennen können, es gab genug Natur, genug Bäume. Vielleicht hätte es gebrannt bei dem

Baum, bei dem wir dich verstreut haben. Wenn diese Experten sagen, solch eine Verwüstung könne reinigend sein, hätten sie mich sehen sollen, wie ich im 23.Bezirk Wien, kniend, bei dieser Hitze deine Unterwäsche aussortiert habe. Die Hitze hat hier nichts gereinigt. Mein innerer Waldbrand hatte keinen Nutzen. Diese Verwüstung war weder natürlich noch gut. Du gehörst hierher.

Ich lehne die Natur ab, ich widerspreche ihr.

Jaja, schon klar, der Tod ist real blabla, ich verstehe es ja. Der Tod ist etwas Natürliches und für manche Menschen kommt er früher als für andere. Aber ich protestiere gegen ihn. Ich widerspreche der Natur.

In der dunstigen Atmosphäre der Sommerhitze schaute ich zu den Raffinerien und bemerkte, dass die Welt eigentlich eh irgendwie ständig untergeht. Da waren der Geruch und das Dröhnen von den Kraftwagen, die den Asphalt aufstemmten. Nennt man das so? Kraftwagen? Oder waren es Bulldozer? Bulldozer, die unsere Straßen aufrissen. Natürlich vermisste ich dich sofort und erinnerte mich daran, dass als das letzte Mal hier an den Straßen gearbeitet wurde, du noch am Leben warst. Es war auch heiß, nicht so sehr wie dieses Jahr. Aber du warst da. An deinem letzten Morgen hatte ich dir das Fenster geöffnet, damit du atmen konntest und später noch ein Mal, damit du gehen konntest. Weggeistern, raus schweben, zum Himmel fahren, wie man es nennen möchte. Es war symbolisch. Etwas, was ich lernte zu brauchen.

Jetzt öffne ich das gleiche Fenster, damit der Raum endlich aufhört, in der Tonlage deiner Stimme zu flüstern.

Da ist der Zahn der Zeit, mit dem ich nicht Schritt halten kann. Die zu Boden schwebenden Kalenderblätter wehen über meinen schlummernden Kummer. Ich laufe herum, abgetrennt von der Welt, schwerfällig. Nur langsam erwische ich mich, wie die Klarheit immer mehr Oberhand gewinnt. Ich erlange meine Souveränität zurück. Aber ich will sie gar nicht. Ich will sie noch nicht zurückbekommen. Ich will noch kein vernünftiger Mensch sein. Darf ich schon wieder *normal* sein? Ich halte immer noch deine Unterwäsche in den Händen, neben mir so ein dämlich lächerlicher brauner Karton, in den ich sie einordnen möchte, um sie dann wegzubringen. Bis heute habe ich es nicht geschafft, deine Sachen auszusortieren. Egal wie oft ich es versucht habe. Es ist wahr, die Welt geht immer irgendwie ein bisschen unter. Ich will noch nicht klar im Kopf werden, ich will dich nicht verraten. Ich will mich weiterhin quälen, weil es dich nah bei mir sein lässt. Bulldozer sollen die Straßen meiner Gedanken aufreißen, man soll dich überall hineinzementieren. Das Fenster muss doch geschlossen bleiben, damit das Flüstern der Stimme in deiner Tonlage nicht verstummt. Die Welt soll weiterhin untergehen.

Die Welt muss immer untergehen.

DAS OBERE HINTERE SCHLAFZIMMER

Ich bekomme dieses Bild nicht aus meinem Kopf. Diese eine Szene, die sich in mein Hirn eingebrannt hat wie mit einem Schmiedeeisen, fest verankert wie ein Boot, das nicht mehr fahren soll. Dieses Bild, wie ich dich dort hielt und dir beim Sterben zusah. Das bekomme ich nicht aus dem Kopf. Dieses Bild ist in mein Gedächtnis eingehämmert, wie ein Nagel in der Wand. Da oben im hinteren Schlafzimmer unseres Hauses. Da wo wir viele Jahre gelebt haben, da wo wir unsere Pläne geschmiedet haben, Pläne von einem Umzug in die Natur. Donau Auen. Wo wir uns geliebt haben, wo wir unsere Zukunft geformt haben. Wo du deine letzten keuchenden Atemzüge gemacht hast. Wo die Glut dann erloschen ist, wo der Schmiedehammer ewig ruht. Ich sehe das immer und immer wieder, jedes Mal, wenn ich ein Fenster öffne und mir eine Brise entgegenweht. Das habe ich damals auch für dich getan, um dir das Atmen zu erleichtern. Es hat nicht geholfen. Keine Glut, die durch den Windstoß wieder entfacht wurde. Sie kam nie zurück.

Ich gehe bei Nacht nicht in dieses Zimmer, weil ich dich dort liegen sehe. Du liegst in unserem Bett, im oberen hinteren Schlafzimmer. Ich weiß es kann nicht wahr sein. Es ist meine Trauer, die mir Streiche spielt. Du bist verstreut bei dem Baum, bei den Graureihern und Kratzbeeren. Es ist nicht real. Der Tod ist real. Ich war dabei, ich habe dich vor Jahren bei dem Baum verstreut. Andererseits will ich dich hier bei mir sehen. Ich will dich dort sehen und wissen, ich könnte zu dir gehen und mit dir sprechen. Irgendwann traue ich mich. Aber nicht heute.

Unsere Betreuerin meinte, dass dein verwandeltes, sterbendes Gesicht mit der Zeit verschwinden wird und ich vertraue ihr. Wir sind jeden Montag händchenhaltend zu dieser Betreuerin gegangen. Eine Zeit lang zumindest. Dann wurde aus dem "händchenhaltend gehen" ein "händchenhaltendes langsames spazieren". Bis wir dann zu dem Termin mit dem Auto fahren mussten, weil du nicht mehr die Kraft hattest, weit zu gehen. Damals hatten wir kein Auto, weil wir es in der Stadt unnötig fanden eines zu besitzen, ich habe dann extra ein gebrauchtes besorgt.

Einen gebrauchten Ford Mondeo von einem Mann namens Robert. Er hatte das Auto verkauft, weil er meinte, dass es ihm die Erinnerungen an seine Frau nicht zurückgeben konnte. Ich habe nicht weiter nachgefragt, aber ich fühlte mich mit ihm verbunden. Als du dann gestorben bist, starb noch mehr, wenn das Sinn ergibt. Der Weg zur Betreuerin ist gestorben, er war plötzlich nicht mehr wichtig für mich. Der Ford Mondeo ist gestorben, er hatte seine Bedeutung verloren und musste sich wieder hinter den öffentlichen Verkehrsmitteln einreihen. Wenn ich heute am Büro der Betreuerin vorbeikomme, dann sehe ich nie Licht, als wäre es geschlossen, als wäre mit deinem Tod ihre Arbeit beendet. Ich möchte nicht sagen, dass diese Betreuerin gestorben ist, das wäre geschmacklos. Aber innerlich ist sie es für mich. Sie hatte nie wieder Bedeutung für mich und ich habe diese Frau nie wieder gesehen. Sie hat für mich aufgehört zu existieren.

Wir sind alle immer so nah dran, nicht zu existieren.

All diese Gefühle wirbeln permanent durch meinen Körper. Wie könnte ich dich jemals so richtig gehen lassen? Ich möchte nicht, dass du aufhörst, für mich zu existieren. Vielleicht sehe ich dich deshalb bei Nacht in unserem alten Schlafzimmer. Es könnte ja doch ein Zeichen sein. Etwas Symbolisches, nach dem ich schon so lange suche. Zwei Raben, Graureiher, deine Gestalt in unserem Bett - ist doch egal, was es ist. Hauptsache es existiert. Der Tod ist real, schon klar. Aber vielleicht ist er nicht das einzig reale. Vielleicht gibt es da noch mehr. Vielleicht gibt es da wirklich noch mehr als die verwirrten Überlebenden, die verzweifelt nach Echos lauschen.

Heute hat mich unsere Tochter gefragt, ob du schwimmen würdest. Ich weiß nicht, wie sie auf diese Frage kam, vielleicht verknüpfte sie etwas damit. Ich sagte zu ihr: *„Ja, sie schwimmt, und das ist wahrscheinlich alles, was sie gerade macht. Sie schwimmt und ist frei."*

So schwer es auch für mich ist, mit dem Ganzen klarzukommen, ich möchte gar nicht beginnen darüber nachzudenken, wie es unserer Tochter geht. Sie steht gerade an der Schwelle, ein Verständnis für das alles zu entwickeln. Es wird mehr werden. Dieses Verständnis wird gedeihen. Im Moment bist du nur diese Person für sie, die sie zwar kennt, aber niemals sieht. Doch es kann jeden Tag geschehen. Irgendwann wird der Moment kommen, wo sie sich fragt: *„Hey, warte mal. Wo ist sie?"*. Darauf muss ich vorbereitet sein.

Doch heute, in diesem Moment, ist unsere Tochter halbwegs zufrieden mit meiner Antwort. Für mich hat diese Antwort eine andere Bedeutung: Du verschwimmst und was du warst, wird über Wellen getragen und verdunstet. Ich darf das nicht zulassen. Heute Nacht werde ich ins obere hintere Schlafzimmer gehen. Ich werde kontrollieren, ob ich dich immer noch sehen kann. Werde beobachten, ob ich mit dir werde sprechen können, ob du bleibst oder verschwinden wirst. Ob du verschwimmen und dann verdunsten wirst. Ob du aufhören wirst zu existieren oder nicht.

Das obere hintere Schlafzimmer.

Heute Nacht.

Ich lasse dich nicht aufhören zu existieren.

MACHT

Ich bin ein Container voller Geschichten über dich und ich erwähne dich immer wieder, auch ungefragt. Es passiert mir immer wieder, ganz egal, wie viel Zeit nun vergangen ist. Wollen die Leute um mich herum weiter von meiner toten Frau hören? Möchte mein Umfeld immer wieder mit diesem Thema konfrontiert werden? Sie sind schließlich keine Experten darin, so wie ich. Ich bin der Beste, wenn es darum geht, mich mit dir auseinanderzusetzen, auch lange nach deinem Tod. Ich kann das nicht von allen verlangen. Ich glaube immer, wenn ich dich erwähne, verstummt der Raum. Das ist eine Art Macht, die du mir verliehen hast. Ich habe jetzt die Macht, ganze Gänge im Supermarkt in eine Schlucht aus Mitleid, Verwirrung und betroffenen Blicken zu verwandeln. Ich kann Räume verstummen lassen. Ich weiß noch nicht, wie ich darüber denken soll. Jedenfalls spreche ich über dich und trage unsere Geschichten durch mein ganzes Leben. Du existierst, für immer. Durch mich wirst du weiter existieren. Denken die Leute ich werde verrückt? Haben die Menschen wirklich Mitleid mit mir? Mit unserer Tochter? Wir sind wie Gebrandmarkte. Jeder, den wir kennen weiß, dass wir Furchtbares durchgemacht haben. Das ist jetzt unsere Persönlichkeit. Das definiert uns nun. Es ist nicht leicht, diesen Code zu entziffern.

Es ist einfacher, wenn ich bei dir bin.

Nachts im oberen hinteren Schlafzimmer, wenn du da bist. Nur dann bin ich am Leben, nur dann bist du wirklich existent und real. Du liegst da in unserem Bett und ich öffne das Fenster, damit du besser atmen kannst, so wie immer. Und diesmal hilft es. Diesmal kann ich etwas bewirken.

Der Verlust in meinem Leben ist ein Abgrund, den ich mit in die Öffentlichkeit nehme, und ich will ihn nicht schließen. Ich will ewig trauern. Damit du ewig bei mir sein kannst. Ewig real. Ewig in meiner Existenz verankert.

SEHT MICH AN, DER TOD IST REAL!

DONNERSCHLAG

Wenn ich nachts den Müll rausbringe, dann bin ich nicht bei dir. So funktioniert das nicht. Du bist nur in diesem Raum. Und nur nachts. Nur dann bin ich bei dir. Es ist real. Es ist real und ich kann es nicht erklären. Aber es ist wahr. Du bist in diesem Raum. Nachts. Bei mir. Du liegst in unserem Bett, bist wiedergekommen, so wie du gegangen bist. Ich muss das alles noch verarbeiten. Doch bald werde ich sie dir vorstellen. Unsere Tochter kann jetzt sprechen, sie ist klug, schlagfertig und sie erinnert mich an dich. Du wirst sie lieben, also noch mehr, als du es schon damals getan hast.

Wenn ich nachts den Müll rausbringen, dann bin ich nicht bei dir. Wir sind getrennt. Aber ich bin mit dem Universum und mit den Blitzen und dem Donner, mit den Raben, die mich nach Westen ziehen. Ich verstehe, was du mir sagen willst. Ich sehe die zwei Raben jetzt täglich. Wenn ich den Müll entsorgt habe und vom Garten aus auf das Haus blicke, hinauf zum oberen hinteren Schlafzimmer, dann sehe ich das offene Fenster und will so schnell wie möglich zurück. Ich möchte dich nicht nochmal gehen lassen, aber das Fenster ist offen, nur für den Fall, dass du gehen musst. Ich spüre jedes Mal, wie es mich zurück zu dir zieht, zurück ins Zimmer zu dir. Zurück in unser Bett.

All unsere Momente konzentrieren sich in einen Donnerschlag. Ich weiß, wie diese Geschichte ausgeht. Ich werde sie dir bald vorstellen, du kennst sie ja schon. Aber so richtig vorstellen.

Zwei Raben.

Graureiher.

Staub.

Knochen.

Gebeine.

Kratzbeeren.

Baum.

Ford Mondeo.

„Ich werde sie dir vorstellen."

23. BEZIRK

Weiterhin hier in Wien zu sein ist ein Traum der Selbstverleugnung. Und ich gebe dir ja Recht. Wir wollten damals ein naturverbundenes Leben, raus aus der Stadt. Wir hatten auch schon unseren Ort gefunden, die Donau Auen. Dann bist du gestorben und ich habe deine Asche dort verstreut, bei dem Baum. Ich liebe dich.

Aber jetzt ist alles anders. Du bist irgendwie da. Ich kann dich sehen und ich weiß, was du brauchst. Wir hatten diesen kugelsicheren Plan und du willst ihn weiterhin verfolgen. Die Welt so sehen, wie wir es wollen, wie sie sich wälzt und blüht, ohne dass jemand zuschaut. Ich liebe dich. Deine Abwesenheit war ein Schrei, der nichts aussagte. Hall, kein Echo. Ich liebe dich. Bevor du gestorben bist, fand ich es mutig, über begriffliche Leere zu schreiben. Bevor ich mich in diesem Krankenhaus so gut auskannte. Bevor wir händchenhaltend zu unserer Betreuerin gehen, spazieren, fahren mussten, die uns lehren sollte, wie man mit Trauer umgeht. Ich liebe dich. Wenn sie dich jetzt hier liegen sehen könnte, dann würde sie anders arbeiten. Anders lehren. Man würde anders trauern. Aber ich will dich nur für mich. Das ist meine Sache. Meine Belohnung für das Durchhalten und Aushalten. Ich liebe dich.

Das Leben besteht aus realen Momenten, es besteht aus lehrreichen Momenten, die existent sind. Hier in Wien im 23. Bezirk gibt es nichts mehr für uns zu lernen. Ich habe die schönste Erfahrung und die schönste Lehre bereits erhalten.

Ich liebe dich.

Ich liebe dich.

Ich liebe dich.

ECHO

Heute habe ich es zum ersten Mal gespürt. Es musste so viel Zeit nach deinem Tod vergehen, damit ich es endlich spüren konnte. Mir wird langsam klar, dass all diese Fotos, die wir von dir haben, zu subtilen vertrauten Erinnerungen werden. Sie ersetzen dich in einer Art und Weise. Sie ersetzen das Gefühl zu wissen, wie es ist, dass du im anderen Zimmer bist oder wie du auf der Treppe singst. Eine Bewegung, ein knarrender Stuhl. Die ruhigen, ungetrübten Zeiten dazwischen. Diese eigentliche Erfahrung, dass du hier warst. Ich spüre, wie diese Erinnerungen entweichen, von Fotos ersetzt, eingegrenzt und ganz zerstört werden. Mein Verstand löscht dich. Das Echo von dir in diesem Haus verstummt. Der Oktoberwind weht und schließt die Türen zum oberen hinteren Schlafzimmer. Ich schaue mich um, blicke hinter meine Schulter, um sicher zu gehen, aber es ist niemand da. Du hast recht. Dieses Haus tötet dich nochmal.

Ich habe dich unserer Tochter vorgestellt und du warst so glücklich, aufgelöst und emotional. Unsere Tochter hat dich nicht gesehen. Sie konnte die Idee von dir nicht greifen. Man kann ihr das nicht übelnehmen, sie hat nicht diese starken Erinnerungen an dich. Sie sieht dich nicht und als ich sie mitten in der Nacht hochgebracht habe, um dich im oberen hinteren Schlafzimmer kennenzulernen, hat sie geweint. Es waren keine Tränen der Freude oder der Erleichterung. Sie hatte Angst. Ich habe ihr etwas angetan. Fahrlässig. Aber es musste sein. Sie muss doch ihre Mutter kennenlernen dürfen. Was wäre ich für ein Vater, wenn ich ihr das nicht ermöglichen würde? Es fühlte sich nicht gut an. Aber sie wird es verstehen. Sie wird es verstehen. Zwei Raben kreisen pausenlos über unser Haus. Ich sehe sie nicht mehr als Symbol, sondern als Freunde, als Wegweiser, als Körper. Sie sind deine Augen, deine Arme, deine Beine. Sie warten nur darauf, uns zu dem Ort zu führen, wo wir eigentlich gemeinsam leben wollten - die Donau Auen.

Endlich vereint.

In der Natur.

Den Kratzbeeren.

Dem Baum.

Die Graureiher.

Ihr wisst schon.

PFEIL

Langsam pulsierend.

Industrielichter, Raffinerie.

Über all diese Entfernung.

Zuflucht im Staub.

Mein ganzes Leben lang kann ich mich an diese Sehnsucht erinnern. Über weite Felder zu schauen und dann aus der Entfernung Lichter zu sehen. Zivilisation entfernt, aber nah genug. Als ich fünf oder sechs war, zelteten wir im Juli hier. Liefen über diese Hügel. Spielten und tobten herum wie Wilde. Da waren das hohe, gelbe Gras und die duftenden Sträucher und Büsche. Dieser Baum. Gewellt und vertraut. Nicht weit weg von zu Hause. Ich mochte Graureiher. Immer schon. In meinem alten, billigen Zelt lag ich am Boden und sah das Feuerwerk viele Meilen entfernt, aber ich hörte es nicht. Dann fühlte ich wieder Sehnsucht, eine kindliche Melancholie und dann schlief ich ein. Und die Sehnsucht war begraben, träumend, alternd. Ich griff nach der Idee, irgendwann an diesem Ort zu leben und je älter ich wurde, je mehr dieser Traum reifen konnte, je mehr ich beruflich erreichte, desto mehr wurde aus dieser wagen trüben Vorstellung ein kugelsicherer Plan, der wirklich funktionieren würde. Als ich ihn dann traf, war meine Idee kurz in Gefahr. Ich wusste nicht, ob er es auch will. Ich wusste nicht, ob er da mitzieht. Doch er hat mir schnell klar gemacht, dass es für ihn keine Rolle spiele, wo wir leben, solange wir zusammen sind. Das sagt man so leicht, es geht einfach über die Lippen, aber er hat es wirklich so gemeint. Er hat es nämlich in Form von Lebensjahren, von Zeit, eindeutig bewiesen. Ich hatte in allen Lebenslagen so ein Glück, ihn kennengelernt zu haben. Dreizehn Jahre war ich glücklich. Dreizehn Jahre hat er mir viel gegeben.

Mein strahlendes Vorbild für alles, was GUT ist.

Er war mein goldener Junge.

Mein Vorzeigekind.

Mein Partner.

Er wird tun, was ich ihm sage.

Meine Zuflucht im Staub.

Bei diesem Baum.

BRING SIE ZU MIR.

Im Februar war ich noch am Leben, aber die Chemo hatte meine Haut verwüstet und mich insgesamt abgewandelt. Ich war nur noch eine Karikatur meiner selbst. Ein Abziehbild. Man brachte mich in ein Krankenhaus und er ist jeden Tag und jede Nacht gekommen und hat mir alles gebracht, was ich wollte. Wie ein Satellit hat er jede Stimmung, jedes Signal empfangen und war so zuverlässig. Ich lag zuerst im Krankenhausbett, dann irgendwann in unserem Bett - im oberen hinteren Schlafzimmer. Dann war dieses Bett mein Gefängnis, die Bettlaken mein Leben und die Bettdecke mein Dach. Doch meine

Sehnsucht brannte weiterhin. Ich wusste genau, wo die Pfade um die Ecke bogen, weit über den Horizont, jenseits unzähliger Bäume. Kratzbeeren, Schwanenblumen, alles hell erleuchtet, ein wunderschön gepflasterter Pfad für ihn. Zwei Raben sollen ihn bringen.

In der Nationalgalerie in Oslo gibt es ein Gemälde namens Soria Moria. Ein Kind blickt durch eine tiefe Schlucht voller Nebel auf ein beleuchtetes, unmenschliches Schloss. Unsere Tochter ist dieses Kind. Sie befindet sich in diesem Spukhaus, in diesem unmenschlichen Schloss. Ich möchte sie bei mir haben. Dieser Baum soll ihre Festung werden. Mein kleiner Leuchtkäfer, der vor Licht nur so explodiert. Ich habe niemals aufgehört, mich an diesen Ort zu träumen, wo ich nun liege, auch nicht, als der Krebs mich tötete.

Donau Auen.

Zuflucht im Staub.

Kratzbeeren, Schwanenblumen.

Ich bin jetzt ein Bogen, er ist mein Pfeil.

Soria Moria.

Zwei Raben.

Folge ihnen.

ZWEI RABEN

Mein liebes Kind, was ist das eigentlich für eine grausame Welt, die ich dir schenke? Klimawandel, Cybermobbing, Faschismus, Krieg. Eine Welt ohne Mutter. Träumst du auch von dem Raben? Ich träume von einem Raben und sehe zwei davon. Also in der Realität. Die Raben sind real. Sie schlagen ihre Flügel in den buntesten Farben. Sie wollen mich führen, wohin bringen und ich weiß auch schon genau wohin. Dieses Haus hier ist ein Spukhaus - Soria Moria. Es versucht die Erinnerung an deine Mutter zu entfernen und zu löschen, wegradieren nenn es wie du willst. Dieses Haus versucht deine Mutter nochmal umzubringen. Ihre Existenz zu tilgen, unreal. Ich liebe dich. Bitte zieh dir das Kleid an, das deine Mutter ausgesucht hat. Ein schönes Kleid, keines, was man jetzt so zum Spielen anziehen würde. Es ist tiefblau und sieht teuer aus. Bitte steig in das Auto.

„Hast du auch von dem Raben geträumt?"

Wir steigen in den Ford Mondeo, meine Tochter sitzt auf dem Rücksitz. Ich schaue auf das Kreuz, welches vom Rückspiegel herunterhängt. Es hing schon drinnen, als ich den Ford Mondeo von Robert kaufte. Es wird uns Glück bringen. Nicht so wie ihm.

Zwei Raben. Zwei Raben. Ich liebe dich. Graureiher. Hast du auch von dem Raben geträumt? Zwei Raben, wir folgen ihnen. Bitte, mein Liebling, bleib ganz ruhig sitzen. Ford Mondeo. Wir fahren nach Hause.

„Der Tod ist real, aber Mama ist realer.

Wir fahren dorthin."

Während der Fahrt schaue ich oft nach hinten zu meiner Tochter. Sie ist wunderschön, das Beste, was ich jemals hinbekommen habe. Sie sitzt da, zugegeben, etwas verstört wegen der abrupten Abfahrt, in ihrem schönen blauen Kleid. In ihre schulterlangen braunen Haare ist ein schönes Muster geflochten. Die Fahrt ist unspektakulär, sie schläft mittlerweile. Während der gesamten Fahrt begleiten uns zwei Raben.

Wir kommen am Ziel an, dort ist der Baum, wo deine Asche verstreut wurde. Deine Knochen, deine Gebeine, deine Seele. Und da stehst du. Ebenfalls in einem wunderschönen Kleid. In einem Outfit, dass man nicht einfach so anzieht. Ein Outfit, in das man Zeit investieren muss. Du stehst da mit offenen Armen, empfängst uns herzlich. Ich habe es geschafft, ich habe dich endlich stolz gemacht.

Du bist real.

Du existierst.

Ich halte an, steige aus und laufe dir entgegen. Du stehst da und lächelst und als ich bei dir angekommen bin, umarmen wir uns. Absolutes Glück durchströmt meinen Körper, ich kann die Tränen nicht zurückhalten. So verweilen wir für einige Minuten. Die schönsten Minuten seit Jahren.

Dann sagst du mit sanfter Stimme:

„Es gibt eines, was du unbedingt wissen musst. Ich werde dich über alles lieben. Für die Ewigkeit."

Dann weicht dem wohligen, schönen Gefühl ein Schwindel. Mir wird schwarz vor Augen. Ich sacke zusammen. Als ich aufwache, sitze ich im Ford Mondeo. Ich bin hektisch, panisch und taub. Was habe ich da bitte gemacht? Was soll ich jetzt machen? Komm schon - einatmen, ausatmen. Es gibt einen Ausweg. Es gibt immer einen Ausweg.

Warum kann ich nichts hören?

WAS HABE ICH DA GERADE GETAN?